ESPERE A PRIMAVERA, BANDINI

JOHN FANTE

ESPERE A PRIMAVERA, BANDINI

TRADUÇÃO DE **ROBERTO MUGGIATI**

5ª edição

Rio de Janeiro, 2022

Título do original em inglês
WAIT UNTIL SPRING, BANDINI

Publicado mediante acordo com a Ecco e impresso pela Harper-Collins Publishers, Inc.

Capa: Leonardo Iaccarino
Imagem de capa: Cultura RM/ Philip Lee Harvey/ Getty Images
Foto do autor: Bill Peters/ The Denver Post/ Getty Images

CIP-Brasil. Catalogação na fonte
Sindicato Nacional dos Editores de Livros, RJ.

Fante, John, 1909-1983
F217e Espere a primavera, Bandini/John Fante; tradução de Roberto
5ª ed. Muggiati. – 5ª ed. – Rio de Janeiro: José Olympio, 2022.

Tradução de: Wait until spring, Bandini
ISBN 978-85-03-00755-9

1. Novela norte-americana. I. Muggiati, Roberto, 1937- .
II. Título.

15-1398 CDD – 813
CDU – 821.111(73)-3

Texto revisado segundo o novo Acordo Ortográfico da Língua Portuguesa.

EDITORA JOSÉ OLYMPIO LTDA.
Rua Argentina, 171 – 3° andar – São Cristóvão
20921-380 – Rio de Janeiro, RJ – República Federativa do Brasil
Tel.: (21) 2585-2060
Printed in Brazil/Impresso no Brasil

Atendimento e venda direta ao leitor:
sac@record.com.br
Tel.: (21) 2585-2002

ISBN 978-85-03-00755-9

Este livro é dedicado a minha mãe,
Mary Fante, com amor e devoção,
e a meu pai, Nick Fante, com
amor e admiração.

Prefácio

Agora que sou um homem de idade, não posso reler *Espere a primavera, Bandini* sem perder a sua trilha no passado. Às vezes, deitado na cama à noite, uma frase, um parágrafo ou um personagem daquele trabalho dos primeiros tempos me mesmeriza e, meio que sonhando, eu o entrelaço em frases, extraio dele uma espécie de melodiosa lembrança de um velho quarto de dormir no Colorado, ou de minha mãe, ou de meu pai, ou de meus irmãos e de minha irmã. Não posso imaginar que aquilo que escrevi há tanto tempo me apazigue como o faz este semissonho e, no entanto, não consigo me levar a olhar para trás, a abrir este primeiro romance e o ler de novo. Fico receoso, não posso suportar a ideia de me deixar expor por minha própria obra. Estou seguro de que nunca lerei este livro de novo. Mas uma coisa é certa: todas as pessoas em minha vida de escritor, todos os meus personagens encontram-se neste trabalho inicial. Nada de mim está lá mais, apenas a memória de velhos quartos de dormir e o som dos chinelos de minha mãe caminhando até a cozinha.

John Fante

CAPÍTULO UM

Ele veio, chutando a neve funda. Era um homem revoltado. Chamava-se Svevo Bandini e morava três quarteirões adiante naquela rua. Sentia frio e havia furos em seus sapatos. Esta manhã remendara os furos por dentro com pedaços de papelão de uma caixa de macarrão. O macarrão daquela caixa não fora pago. Pensara nisso ao colocar o papelão nos sapatos.

Odiava a neve. Era pedreiro e a neve congelava a argamassa entre os tijolos que assentava. Estava a caminho de casa, mas que sentido havia em voltar para lá? Quando era menino, na Itália, nos Abruzos, odiava a neve também. Nada de sol, nada de trabalho. Estava na América agora, na cidade de Rocklin, Colorado. Acabara de vir do Salão de Bilhar Imperial. Na Itália havia montanhas também, como essas montanhas brancas poucos quilômetros a leste dele. As montanhas eram um imenso vestido branco caído como chumbo sobre a terra. Vinte anos antes, quando tinha 20 anos de idade, passara fome durante uma semana inteira nas dobras daquele vestido branco indomável. Estava construindo uma lareira numa cabana na montanha. Era perigoso lá em cima no inverno. Mandara o perigo aos diabos, porque só tinha 20 anos, uma namorada em Rocklin e precisava do dinheiro. Mas o teto da cabana cedera debaixo da neve sufocante.

Ela o perseguia sempre, aquela neve bonita. Não podia entender por que não fora para a Califórnia. Acabou ficando no Colorado, na neve funda, porque agora era tarde demais. A bonita neve branca era como a bonita esposa branca de Svevo Bandini, tão branca, tão fértil, deitada numa cama branca numa casa naquela rua. Walnut Street, 456, Rocklin, Colorado.

Os olhos de Svevo Bandini lacrimejavam no ar frio. Eram castanhos, eram suaves, eram os olhos de uma mulher. No nascimento, ele os roubara à mãe — porque depois do nascimento de Svevo Bandini sua mãe nunca mais foi a mesma, sempre doente, sempre com olhos doentios depois do seu nascimento, e então morreu e foi a vez de Svevo carregar aqueles suaves olhos castanhos.

Sessenta e oito quilos era o peso de Svevo Bandini, e ele tinha um filho chamado Arturo que adorava tocar seus ombros redondos e sentir as cobras dentro deles. Era um belo homem, Svevo Bandini, todo músculos, e tinha uma mulher chamada Maria, que só de pensar no músculo no meio das pernas dele sentia o corpo e a alma se derreterem como as neves na primavera. Era tão branca, aquela Maria, que olhar para ela era como vê-la através de uma fina camada de óleo.

Dio cane. Dio cane. Significa Deus é um cachorro, e Svevo dizia aquilo para a neve. Por que Svevo perdera 10 dólares num jogo de pôquer esta noite no Salão de Bilhar Imperial? Era um homem tão pobre e tinha três filhos, e o macarrão não estava pago, nem a casa em que estavam as três crianças e o macarrão. Deus é um cachorro.

Svevo Bandini tinha uma mulher que nunca dizia "me dê dinheiro para a comida das crianças", mas tinha uma mulher com grandes olhos negros, doentiamente brilhantes de amor, e aqueles olhos tinham um jeito, um jeito dissimulado de perscrutar-lhe a boca, os ouvidos, o estômago e os bolsos. Aqueles olhos eram tão espertos, de um modo triste, pois sempre sabiam quando o Salão de Bilhar Imperial havia feito um bom negócio. Tais olhos para uma esposa! Viam tudo o que ele era e tudo o que esperava ser, mas nunca viam a sua alma.

Isso era uma coisa estranha, porque Maria Bandini era uma mulher que encarava todos os vivos e os mortos como almas. Maria sabia o que era uma alma. Uma alma era uma coisa imortal que ela conhecia. Uma alma era uma coisa imortal sobre a qual ela não discutia. Uma alma era uma coisa imortal. Bem, o que quer que fosse, uma alma era imortal.

Maria tinha um rosário branco, tão branco que você podia derrubá-lo na neve e perdê-lo para sempre, e ela rezava pela alma de Svevo Bandini e de seus filhos. E porque não havia tempo, ela esperava que em algum lugar deste mundo alguém, uma freira em algum convento silencioso, alguém, qualquer um, encontrasse tempo para rezar pela alma de Maria Bandini.

Ele tinha uma cama branca à sua espera, na qual sua mulher estava deitada, quente e ansiosa, e estava chutando a neve e pensando em algo que ia inventar um dia. Simplesmente uma ideia que tinha na cabeça: um limpa-neve. Fizera uma miniatura dele com caixas de charutos. Havia uma ideia ali. E então tremeu, como fazemos quando o metal frio nos toca o flanco, e subitamente se pôs a lembrar as muitas vezes em que entrara na cama quente ao lado de Maria, cuja pequenina cruz do rosário tocara-lhe a carne nas noites de inverno como uma pequena serpente fria nervosa, e como recuara rapidamente para uma parte ainda mais fria da cama, e então pensou no quarto, na casa que não estava paga, na esposa branca eternamente esperando por paixão, e não pôde suportar aquilo, e em sua fúria mergulhou em neve ainda mais funda fora da calçada, deixando sua raiva brigar com a neve. *Dio cane. Dio cane.*

Tinha um filho chamado Arturo, e Arturo tinha 14 anos e possuía um trenó. Ao entrar no pátio da casa que não estava paga, seus pés subitamente se projetaram em direção às copas das árvores e ele ficou deitado de costas, e o trenó de Arturo ainda em movimento, deslizando para um grupo de lilases cansados de neve. *Dio cane*! Dissera àquele garoto, aquele pequeno patife, para deixar o trenó fora da entrada da casa. Svevo Bandini sentiu o frio da neve atacando suas mãos como formigas frenéticas. Levantou-se, ergueu os olhos para o céu, brandiu o punho para Deus e quase teve um colapso de tanta fúria. Aquele Arturo. Aquele pequeno patife! Puxou o trenó de debaixo da moita de lilases e com fúria sistemática arrancou as rodinhas. Só quando a destruição estava completa se lembrou de que o trenó tinha custado sete e cinquenta. Ficou parado, espanando a neve das roupas, aquela estranha sensação quente nos tornozelos, onde a neve entrara pelo alto dos sapatos. Sete dólares e cinquenta centavos despedaçados. *Diavolo*! Deixa o garoto comprar outro trenó. Ele preferia um novo, de qualquer modo.

A casa não estava paga. Era sua inimiga, aquela casa. Tinha uma voz e estava sempre falando com ele, como um papagaio, sempre tagarelando a mesma coisa. Toda vez que seus pés faziam o assoalho da varanda ranger, a casa dizia insolentemente: você não é meu dono, Svevo Bandini, e eu nunca serei sua. Sempre que tocava na maçaneta da frente era a mesma coisa. Durante 15 anos aquela casa o importunara e exasperara com sua independência idiota. Havia ocasiões em que desejava colocar dinamite debaixo dela e fazê-la em pedaços. Houve um tempo em que fora um desafio, aquela casa tão parecida com uma mulher, zombando dele para que a possuísse. Mas em 13 anos ele se cansara e enfraquecera, e a casa aumentara sua arrogância. Svevo Bandini não se importava mais.

O banqueiro proprietário daquela casa era um dos seus piores inimigos. A lembrança do rosto daquele banqueiro fazia seu coração bater numa ânsia de se consumir em violência.

Helmer, o banqueiro. A escória da Terra. De tempos em tempos fora forçado a se postar diante de Helmer e dizer que não tinha dinheiro bastante para alimentar a família. Helmer, com os cabelos grisalhos bem repartidos, com as mãos macias, os olhos do banqueiro que pareciam ostras quando Svevo Bandini dizia que não tinha dinheiro para pagar a prestação da casa. Tivera de fazer aquilo várias vezes, e as mãos macias de Helmer o enervavam. Não conseguia falar com aquele tipo de homem. Odiava Helmer. Gostaria de quebrar o pescoço de Helmer, arrancar o coração de Helmer e pisar nele com os dois pés. De Helmer ele pensava e resmungava: o dia está chegando! O dia está chegando! Não era a sua casa e bastava tocar na maçaneta para lembrar que ela não lhe pertencia.

Seu nome era Maria e a escuridão era luz diante dos seus olhos negros. Caminhou na ponta dos pés até o canto e uma cadeira, perto da janela com a cortina verde abaixada. Quando se sentou, os dois joelhos estalaram. Era como o tilintar de dois sinos para Maria, e ele pensou em como era tolo uma esposa amar um homem tanto assim. O quarto estava tão frio. Baforadas de vapor saíam-lhe da respiração pelos lábios. Ele grunhia como um lutador com os cadarços dos sapatos. Sempre tinha problemas com os cadarços dos sapatos. *Diavolo*! Chegaria a ser um velho no seu leito de morte sem ter jamais aprendido a atar os cadarços dos sapatos como outros homens?

— Svevo?

— Sim.

— Não arrebente os cadarços, Svevo. Acenda a luz que vou desatá-los. Não arrebente os cadarços de raiva.

Deus do céu! Santa Maria! Não era coisa típica de mulher? Ficar zangado? Que motivo tinha para ficar zangado? Oh, Deus, tinha vontade de dar um murro naquela janela! Enterrava as unhas nos laços do sapato. Laços de sapato! Por que precisavam existir laços de sapato? Unnh. Unnh. Unnh.

— Svevo.

— Sim.

— Deixe que eu desato. Acenda a luz.

Quando o frio adormeceu seus dedos, um cadarço atado é tão obstinado quanto um arame farpado. Com a força do braço e do ombro, deu vazão a sua impaciência. O laço se rompeu com um estalido e Svevo Bandini quase caiu da cadeira. Suspirou e sua mulher fez o mesmo.

— Ah, Svevo, você arrebentou de novo os cadarços.

— Bah — disse ele. — Queria que eu fosse para a cama de sapatos?

Ele dormia nu, desprezava roupa de baixo, mas uma vez ao ano, com a primeira investida da neve, sempre encontrava ceroulas separadas para ele na cadeira lá no canto. Certa vez zombou dessa proteção: aquele foi o ano em que quase morreu de gripe e pneumonia; aquele foi o inverno em que se levantou de um leito de morte, delirante de febre, enojado com pílulas e xaropes, e cambaleou até a copa, enfiou meia dúzia de dentes de alho garganta abaixo e voltou à cama para suar num embate com a morte. Maria acreditava que suas orações o tinham curado, e a partir de então sua religião de cura foi o alho, mas Maria sustentava que o alho vinha de Deus e aquilo era muito sem sentido para Svevo Brandini discutir.

Era um homem e detestava se ver de ceroulas. Ela era Maria, e cada mancha na sua ceroula, cada botão e cada fio, cada odor e cada toque, faziam os bicos dos seios dela doerem com um júbilo que vinha do meio da terra. Estavam casados há 15 anos e ele tinha língua e falava bem e frequentemente disso e daquilo, mas raramente havia chegado a dizer eu te amo. Ela era sua mulher e falava raramente, mas o cansava com seus constantes eu te amo.

Caminhou até o lado da cama, enfiou as mãos nas cobertas e procurou o rosário errante. Então entrou debaixo das cobertas e agarrou-a freneticamente, seus braços prendendo os dela, suas pernas entrelaçadas nas dela. Não era paixão, era apenas o frio de uma noite de inverno, e ela era um pequeno fogão de mulher cuja tristeza e calor o atraíram desde o início. Quinze invernos, noite após noite, e uma mulher quente acolhendo em seu corpo pés como gelo, mãos e braços como gelo; pensou em tal amor e suspirou.

E pouco tempo atrás o Salão de Bilhar Imperial levara seus últimos 10 dólares. Se ao menos essa mulher tivesse algum defeito para lançar uma sombra que encobrisse suas próprias fraquezas. Pense, por exemplo, em Teresa DeRenzo. Teria se casado com Teresa DeRenzo, só que era extravagante, falava demais e seu hálito cheirava a esgoto, e ela — uma mulher forte e musculosa — gostava de fingir que se derretia de fraqueza em seus braços: vejam só! E Teresa DeRenzo era mais alta que ele! Bem, com uma mulher como Teresa DeRenzo ele teria prazer em dar ao Salão de Bilhar Imperial 10 dólares num jogo de pôquer. Podia pensar naquele hálito, naquela boca tagarela, e podia agradecer a Deus a oportunidade de desperdiçar seu dinheiro suado. Mas não Maria.

— Arturo quebrou a janela da cozinha — disse ela.

— Quebrou? Como?

— Enfiou a cabeça de Federico na vidraça.

— O filho da mãe.

— Não fez de propósito. Estava apenas brincando.

— E o que você fez? Nada, imagino.

— Passei iodo na cabeça de Federico. Um corte pequeno. Nada de sério.

— Nada de sério! Imagine, nada de sério! Que fez a Arturo?

— Ele estava zangado. Queria ir ao cinema.

— E foi.

— Garotos gostam de cinema.

— O miserável filho da mãe.

— Svevo, por que fala assim? Seu próprio filho.

— Você o estragou. Estragou todos eles.

— Ele é como você, Svevo. Você foi um menino difícil também.

— Fui... coisa nenhuma! Nunca me viu enfiando a cabeça do meu irmão numa janela.

— Você não tinha irmãos, Svevo. Mas empurrou seu pai escada abaixo e ele quebrou o braço.

— O que podia fazer se meu pai... Ora, esqueça.

Aninhou-se mais junto a ela e enfiou o rosto nos seus cabelos de tranças. Desde o nascimento de Federico, seu terceiro filho, a orelha direita da mulher cheirava a clorofórmio. Ela o trouxera do hospital há 10 anos: ou seria imaginação sua? Brigara com ela por causa disso durante anos, pois sempre negava que houvesse cheiro de clorofórmio no seu ouvido direito. Até as crianças tinham tentado, em vão, sentir o cheiro. Sim, estava ali, sempre ali, como estivera naquela noite na enfermaria, quando se debruçara para beijá-la, depois que ela voltara da anestesia, tão próxima da morte e, no entanto, tão viva.

— E daí que empurrei meu pai na escada? O que tem isso a ver?

— Aquilo estragou você? Você é mimado?

— Como vou saber?

— Você não é mimado.

Que diabo de raciocínio era aquele? Claro que ele era mimado! Teresa DeRenzo sempre lhe dissera que era mau, egoísta e mimado. Aquilo lhe dava prazer. E aquela garota — como se chamava —, Carmela, Carmela Ricci, a amiga de Rocco Saccone, achava que ele era um demônio, e ela era inteligente, cursara a universidade, a Universidade do Colorado, era uma universitária, e dissera que ele era um maravilhoso canalha, cruel, perigoso, uma ameaça às jovens. Mas Maria... oh, Maria, achava que ele era um anjo, puro como pão. O que Maria sabia daquilo? Não tinha curso superior, sequer chegara a terminar o secundário.

Nem mesmo o secundário. Seu nome era Maria Bandini, mas, antes de se casar com ele, chamava-se Maria Toscana e nunca terminara o secundário. Era a caçula numa família de duas meninas e um menino. Tony e Teresa — ambos formados no secundário. Mas Maria? A maldição da família caíra sobre ela, a pior dos Toscana, essa garota que queria as coisas à sua maneira e recusou-se a se formar no secundário. A Toscana ignorante. Aquela sem diploma secundário — quase um diploma, três anos e meio, mas, ainda assim, sem diploma. Tony e Teresa o tinham, e Carmela Ricci, a amiga de Rocco, tinha até ido à Universidade do Colorado. Deus estava contra ele. De todas elas, por que se apaixonara por essa mulher ao seu lado, essa mulher sem um diploma secundário?

— O Natal está chegando, Svevo — disse ela. — Faça uma oração. Peça a Deus que nos dê um feliz Natal.

Seu nome era Maria e sempre lhe dizia algo que ele já sabia. Não sabia sem que precisassem lhe dizer que o Natal estava chegando? Estavam na noite de 5 de dezembro. Quando um homem vai dormir ao lado da mulher numa noite de quinta-feira, é necessário que ela lhe diga que o dia seguinte vai ser sexta? E aquele garoto Arturo — por que fora amaldiçoado com um filho que brincava com um trenó? *Ah, povera America*! E devia rezar por um feliz Natal. Bah!

— Está bem quentinho, Svevo?

Lá estava ela querendo saber se ele estava bem quentinho. Tinha pouco mais de um metro e meio e ele nunca sabia se estava dormindo ou acordada, tão quieta que era. Uma mulher como um fantasma, sempre contente com sua pequena metade da cama, desfiando o rosário e rezando por um feliz Natal. Era de surpreender que não conseguisse pagar por essa casa, essa casa de loucos ocupada por uma mulher que era uma fanática religiosa? Um homem precisava de uma mulher que o estimulasse, que o inspirasse, que o fizesse trabalhar duro. Mas Maria? *Ah, povera America*!

Ela deslizou do seu lado da cama, os dedos dos pés com precisão encontraram no escuro os chinelos no tapete, e ele sabia que primeiro ela iria ao banheiro e depois inspecionaria os meninos, a inspeção final antes de voltar à cama para o resto da noite. Uma mulher que estava sempre saindo da cama para olhar os três filhos. Ah, que vida! *Io sono fregato*!

Como podia um homem conseguir dormir nessa casa, sempre em tumulto, a mulher sempre saindo da cama sem dizer palavra? Maldito Salão de Bilhar Imperial! Um *full hand*, damas com dois, e ele perdera. *Madonna*! E devia rezar por um feliz Natal! Com aquele tipo de sorte, não devia sequer falar com Deus! *Jesu Christi*, se Deus realmente existe, deixem-No responder... por quê!

Tão silenciosamente como saíra, ela estava ao seu lado de novo.

— Federico pegou um resfriado — disse.

Ele também tinha um resfriado... na alma. Seu filho Federico podia ficar encatarrado e lá ia Maria esfregar mentol no seu peito e ficar metade da noite falando daquilo, mas Svevo Bandini sofria sozinho... não com um corpo dolorido: pior, com uma alma que doía. Onde na Terra era a dor pior do que em sua própria alma? Maria o ajudava? Algum dia lhe perguntou se ele sofria com os tempos difíceis? Algum dia chegou a perguntar: Svevo, meu querido, como vai sua alma por esses dias? Você é feliz, Svevo? Existe alguma oportunidade de trabalho neste inverno, Svevo? *Dio Maledetto*! E ela queria um feliz Natal! Como você pode ter um feliz Natal quando está sozinho no meio de três filhos e uma esposa? Furos nos sapatos, azar nas cartas, nenhum trabalho, quebre o pescoço num maldito trenó — e você quer um feliz Natal! Seria ele um milionário? Podia ter sido, se tivesse casado com a mulher certa. Eh: mas era estúpido demais.

Seu nome era Maria, e ele sentiu a maciez da cama ceder debaixo de si, e teve de sorrir, pois sabia que ela estava se chegando e seus lábios se abriram um pouco para recebê-los — três dedos de uma mão pequenina, tocando em seus lábios, alçando-o para uma terra quente dentro do sol, e então ela soprava o hálito levemente para dentro de suas narinas com lábios que formavam um beicinho.

— *Cara sposa* — disse. — Querida esposa.

Os lábios dela estavam úmidos e os esfregou contra os olhos dele. Riu suavemente.

— Vou matar você — sussurrou ele.

Ela riu e então ficou atenta, procurando ouvir algum ruído dos meninos acordados no quarto ao lado.

— *Che sara, sara* — disse ele. — Que será, será.

Seu nome era Maria, e era tão paciente, à espera dele, tocando-lhe o músculo no meio das pernas, tão paciente, beijando-o aqui e ali, e então o grande calor que ele adorava o consumiu e ela deitou-se de costas.

— Ah, Svevo. Tão maravilhoso!

Ele a amava com uma fúria tão gentil, tão orgulhoso de si mesmo, pensando o tempo todo: Maria não é boba, ela sabe o que é bom. A grande bolha que perseguiam na direção do sol explodiu entre eles e ele gemeu de alívio e prazer, gemeu como um homem contente de ter podido esquecer por um tempo de tantas coisas, e Maria, muito quieta em sua pequena metade da cama, ouvia o bater do próprio coração e imaginava quanto ele havia perdido no Salão de Bilhar Imperial. Muito, sem dúvida; possivelmente 10 dólares, pois Maria não tinha diploma secundário, mas podia ler a miséria daquele homem na régua da sua paixão.

— Svevo — sussurrou.

Mas ele dormia profundamente.

Bandini, o que odiava a neve. Pulou da cama às cinco naquela manhã, saiu como um foguete dela, fazendo caretas para a manhã fria, zombando dela: bah, isto é o Colorado, o cu do mundo, sempre gelado, não é lugar para um pedreiro italiano; ah, estava de saco cheio dessa vida. Com os lados dos pés, caminhou até a cadeira, pegou a calça e enfiou as pernas para dentro dela, pensando que estava perdendo 12 dólares por dia, tabela do sindicato, oito horas de trabalho duro e tudo por causa daquilo! Deu um puxão no cordão da cortina; ela subiu com um ruído de metralhadora e a manhã branca e nua inundou o quarto, banhando-o de luminosidade. Ele grunhiu para a manhã. *Sporca chone*: rosto sujo, ele a chamava. *Sporcaccione ubriaco*: rosto sujo bêbado.

Maria dormia com a atenção modorrenta de um gatinho e aquela cortina a fez despertar rapidamente, seus olhos em agudo terror.

— Svevo. É muito cedo.

— Vá dormir. Quem está pedindo que acorde? Vá dormir.

— Que horas são?

— Hora de homem se levantar. Hora de mulher dormir. Cale a boca.

Ela nunca se acostumara a se levantar de manhã tão cedo. Sete era a sua hora, sem contar as ocasiões no hospital, e uma vez ficara na cama até as nove e ganhara uma dor de cabeça por causa disso, mas esse homem com quem se casara sempre saltava da cama às cinco no inverno e às seis no verão. Ela conhecia seu tormento na prisão branca do inverno; sabia que quando se levantasse, dali a duas horas, ele teria tirado com a pá cada torrão de neve de cada passeio dentro e fora do pátio, meio quarteirão na rua, debaixo do varal, até a viela, fazendo um monte bem alto, movendo-se ao redor do monte e cortando-o ferozmente com a pá.

Dito e feito. Quando ela se levantou e enfiou os pés nos chinelos, os dedos separados como flores murchas, olhou pela janela da cozinha e viu onde ele estava, lá fora na viela, atrás da cerca alta. Um gigante de um homem, um gigante apequenado oculto do outro lado de uma cerca de um metro e oitenta, sua pá espiando por sobre o topo da cerca de vez em quando, jogando jatos de neve de volta ao céu.

Mas ele não acendera o fogão. Oh, não, nunca acendia o fogão. O que era ele... uma mulher, para acender um fogão? Às vezes acendia o fogo. Certa vez ele os levara às montanhas para fritar bifes e absolutamente ninguém, a não ser ele, teve permissão de acender o fogo. Mas um fogão! O que era ele... uma mulher?

Fazia tanto frio naquela manhã, tanto frio. Seu queixo batia descontroladamente. O linóleo verde-escuro podia bem ser uma lâmina de gelo sob os seus pés, o próprio fogão um bloco de gelo. Que fogão era aquele! Um déspota, indomado e genioso. Ela sempre o lisonjeava, acalmava, bajulava, um urso negro de um fogão sujeito a acessos de rebeldia, desafiando Maria a fazê-lo queimar; um fogão rabugento que, uma vez aquecido e proporcionando uma doce quentura, subitamente ficava furioso e amarelo de calor e ameaçava destruir a própria casa. Só Maria conseguia lidar com aquele bloco negro de ferro mal-humorado, e ela o fazia com um graveto de cada vez, acariciando a chama tímida, acrescentando um pedaço de lenha, depois outro, até que ronronava sob os seus cuidados, o ferro se aquecendo, o forno expandindo e o calor o golpeando até que grunhia e grunhia de contentamento, como um idiota. Ela era Maria, e o fogão só amava a ela. Deixem Arturo ou August derrubar um pedaço de carvão em sua boca ávida e ele enlouquecia com sua própria febre, queimando e chamuscando a pintura das paredes, assumindo um amarelo pavoroso, um naco do inferno sibilando para Maria, que vinha de testa franzida e eficiente, um pano na mão enquanto o repreendia aqui e ali, fechando habilmente as saídas, sacudindo seus intestinos até que ele reassumia sua normalidade estúpida. Maria, com as mãos não maiores do que rosas despetaladas, mas o diabo negro era seu escravo e ela realmente gostava muito dele. Ela o mantinha brilhando e malignamente reluzente, a placa de níquel com a sua marca sorrindo perversamente como uma boca orgulhosa demais de seus belos dentes.

Quando finalmente as chamas subiram e o fogão resmungou bom dia, ela colocou água para o café e voltou à janela. Svevo estava no quintal, arquejando enquanto se debruçava sobre sua pá. As galinhas tinham saído do telheiro, cacarejando quando o viram, esse homem que podia erguer do chão o branco do céu e o jogar por cima da cerca. Mas da janela viu que as galinhas não se aproximavam muito dele. Sabia por quê. Eram suas galinhas; comiam das suas mãos, mas elas o odiavam; lembravam-se dele como de alguém que vinha numa noite de sábado para matar. Isso era certo; ficavam muito agradecidas de que tivesse limpado a neve com a pá para que pudessem ciscar a terra, apreciavam aquilo, mas nunca podiam confiar nele como confiavam na mulher que vinha com milho escorrendo de suas mãos pequenas. E espaguete também, num prato; elas a beijavam com seus bicos quando trazia espaguete, mas cuidado com esse homem.

Seus nomes eram Arturo, August e Federico. Estavam acordados agora, seus olhos todos castanhos e banhados brilhantemente no rio negro do sono. Estavam todos numa só cama, Arturo, 12 anos; August, 10; e Federico, 8. Garotos italianos, brincando, três numa cama, rindo o riso maldoso peculiar da obscenidade. Arturo, esse sabia muito. Estava contando a eles o que sabia, as palavras lhe saíam da boca em vapor quente e branco no quarto frio. Ele sabia muito. Vira muita coisa. Sabia muita coisa. Garotos, vocês não sabem o que eu vi. Ela estava sentada nos degraus da varanda. Eu estava a essa distância dela. Vi muita coisa.

Federico, 8 anos.

— O que você viu, Arturo?

— Cala a boca, seu bobinho! Não estamos falando com você!

— Não vou contar, Arturo.

— Ah, cale a boca! Você é muito pirralho!

— Vou contar, então.

Uniram forças e o jogaram para fora da cama. Ele caiu no chão, choramingando. O ar frio o agarrou com uma fúria súbita e o picou com 10 mil agulhas. Gritou e tentou entrar debaixo das cobertas de novo, mas eram mais fortes, e então correu ao redor da cama e foi até o quarto da mãe. Ela estava calçando as meias de algodão. Ele entrou gritando de aflição:

— Eles me jogaram para fora! Arturo! August!

— Traidor! — veio o grito do outro quarto.

Era tão bonito para ela, aquele Federico; sua pele era tão bonita. Tomou-o nos braços e esfregou as mãos nas costas dele, beliscando sua bonita bundinha, apertando-o com força, transmitindo calor para ele, e ele pensou no cheiro dela, querendo saber o que era e como era bom de manhã.

— Durma na cama da mamãe — disse ela.

Subiu na cama rapidamente, e ela apertou as cobertas em volta dele, sacudindo-o com deleite, e ficou tão feliz por estar do lado que sua mãe ocupava na cama, com a cabeça no ninho que os cabelos da mamãe faziam, porque não gostava do travesseiro do papai; era um tanto azedo e duro, mas o da mamãe cheirava bem e o fazia ficar todo quente.

— Sei de outra coisa ainda — disse Arturo. — Mas não vou contar.

August tinha 10 anos; não sabia muito. Claro que sabia mais do que o irmão caçula, Federico, mas não metade do que sabia o irmão ao seu lado, Arturo, que sabia muito de mulheres e coisas assim.

— O que você me dá, se eu contar? — disse Arturo.

— Um sorvete.

— Sorvete! Que diabo! Quem vai querer sorvete no inverno?

— Dou no verão que vem então.

— Nada feito. O que vai me dar agora?

— Dou o que eu tiver.

— Feito. O que você tem?

— Não tenho nada.

— OK. Não vou contar, então.

— Você não tem nada para contar.

— Com os diabos que não tenho!

— Conte de graça.

— Nada feito.

— Está mentindo, eu sei. É um mentiroso.

— Não me chame de mentiroso!

— É mentiroso, se não contar. Mentiroso!

Era Arturo e tinha 14 anos. Era uma miniatura do pai, sem o bigode. Seu lábio superior contorceu-se com uma crueldade tão gentil. Sardas inundaram-lhe o rosto como formigas num pedaço de bolo. Era o mais velho e achava que era o mais duro, e nenhum pateta de um irmão mais moço podia chamá-lo de mentiroso e se safar. Em cinco segundos, August estava se contorcendo. Arturo estava debaixo das cobertas, atracado com os pés do irmão.

— Este é o meu dedão favorito — disse.

— Ui! Me solta!

— Quem é mentiroso!

— Ninguém!

Sua mãe era Maria, mas eles a chamavam de Mamma, e estava do lado deles agora, ainda assustada diante dos deveres da maternidade, ainda mistificada por eles. Aqui estava August; era fácil ser sua mãe. Tinha cabelos amarelos e 100 vezes ao dia, simplesmente do nada, lhe vinha aquele pensamento, que seu segundo filho tinha cabelos amarelos. Podia beijar August à vontade, debruçar-se e saborear os cabelos amarelos e apertar a boca no rosto e nos olhos dele. Era um bom menino, August.

Claro, ela tivera muitos problemas com ele. Rins fracos, dissera o doutor Hewson, mas aquilo tinha passado e o colchão nunca mais ficara molhado. August cresceria para ser um belo homem, nunca fazendo pipi na cama. Cem noites ela passara de joelhos ao lado dele enquanto dormia, as contas do rosário tilintando no escuro enquanto rezava a Deus, por favor, Abençoado Senhor, não deixe meu filho molhar mais a cama. Cem, 200 noites. O médico chamara aquilo de rins fracos; ela chamara aquilo de a vontade de Deus; e Svevo Bandini chamava aquilo de desgraçada falta de cuidado e era a favor de botar August para dormir no galinheiro, com ou sem cabelos amarelos. Houve toda a sorte de sugestões de cura. O médico continuava receitando pílulas. Svevo achava que ele devia entrar na faca, mas ela sempre o demovera da ideia; e sua própria mãe, Donna Toscana, insistira para que August bebesse a própria urina. Mas seu nome era Maria, e este também era o nome da mãe do Salvador, e se voltara para aquela outra Maria ao longo de quilômetros e quilômetros de contas de rosário. Bem, August tinha parado, não tinha? Quando passava a mão debaixo dele nas primeiras horas da manhã, não estava seco e quente? E por quê? Maria sabia por quê. Ninguém mais podia explicar aquilo. Bandini dissera: por Deus, já era tempo; o médico dissera que fora o efeito das pílulas, e Donna Toscana insistiu que já teria parado há muito tempo se seguissem a sua sugestão. Mesmo August ficava surpreso e feliz naquelas manhãs em que acordava seco e limpo. Podia se lembrar daquelas noites em que acordava e via a mãe de joelhos ao seu lado, o rosto contra o dele, as contas tilintando, o hálito dela em suas narinas e as pequenas palavras murmuradas: ave-maria, ave-maria, despejadas em seu nariz e em seus olhos, até que ele sentia uma estranha melancolia, deitado entre aquelas duas mulheres, uma impotência que o sufocava e o deixava decidido a agradar a ambas. Ele simplesmente não ia mais fazer pipi na cama.

Era fácil ser a mãe de August. Ela podia brincar com os cabelos amarelos sempre que quisesse, porque ele era tomado de admiração e mistério por ela. Fizera tanto por ele, aquela Maria. Ela o fizera crescer. Ela o fizera sentir-se um menino de verdade, e Arturo não podia mais caçoar dele e magoá-lo por causa de seus rins fracos. Quando ela se aproximava com pés sussurrantes do lado de sua cama toda noite, ele só precisava sentir os dedos quentes acariciando seus cabelos para se lembrar de novo de que ela e uma outra Maria o haviam transformado de um maricas num homem de verdade. Não admira que ela cheirasse tão bem. E Maria nunca se esquecia da maravilha daqueles cabelos amarelos. De onde vieram só Deus sabia, e ela tinha tanto orgulho deles.

Café da manhã para três meninos e um homem. Seu nome era Arturo, mas ele o detestava e queria se chamar John. Seu sobrenome era Bandini, mas queria que fosse Jones. A mãe e o pai eram italianos, mas ele queria ser americano. O pai era pedreiro, mas ele queria ser um lançador dos Chicago Cubs. Moravam em Rocklin, Colorado, população: 10 mil, mas ele queria morar em Denver, a 50 quilômetros dali. Seu rosto era sardento, mas queria que fosse limpo. Frequentava uma escola católica, mas queria ir para a escola pública. Tinha uma namorada chamada Rosa, mas ela o detestava. Era coroinha, mas era um demônio e detestava coroinhas. Queria ser um bom menino, mas tinha medo de ser um bom menino porque receava que seus amigos o chamassem de bom menino. Era Arturo e adorava o pai, mas vivia no temor do dia em que cresceria e seria capaz de bater nele. Venerava o pai, mas achava que a mãe era fraca e tola.

Por que sua mãe era diferente das outras mães? Era mesmo, e todo dia ele tinha provas disso. A mãe de Jack Hawley o excitava: tinha um jeito de lhe dar bolinhos que fazia seu coração ronronar. A mãe de Jim Toland tinha pernas sensacionais.

A mãe de Carl Molla nunca usava nada além de um vestido riscadinho; quando varria o chão da cozinha, ele ficava na varanda dos fundos, em êxtase, vendo a sra. Molla varrer, os olhos ávidos engolindo o movimento dos seus quadris. Tinha 12 anos e tomar consciência de que sua mãe não o excitava fez com que a detestasse secretamente. Sempre observava a mãe com o rabo do olho. Amava a mãe, mas a odiava.

Por que sua mãe permitia que Bandini mandasse nela? Por que tinha medo dele? Quando estavam na cama e ele ficava acordado, suando de ódio, por que sua mãe deixava Bandini fazer aquilo com ela? Quando ela saía do banheiro e vinha ao quarto dos meninos, por que sorria na escuridão? Não podia ver-lhe o sorriso, mas sabia que estava no seu rosto, aquele contentamento da noite, tão apaixonada pela escuridão e pelas luzes ocultas que aqueciam o rosto dela. Então ele odiava os dois, mas seu ódio por ela era maior. Tinha vontade de cuspir nela, e muito depois que ela voltara para a cama o ódio continuava em seu rosto, os músculos das faces tensos.

O café da manhã estava pronto. Podia ouvir o pai pedindo café. Por que seu pai tinha de gritar o tempo todo? Não podia falar em voz baixa? Todo mundo na vizinhança sabia tudo o que acontecia em sua casa porque seu pai estava sempre berrando. Os Morey, vizinhos do lado — nunca se ouvia um pio deles, nunca; pessoas quietas, americanas. Mas seu pai não estava satisfeito de ser italiano, tinha de ser um italiano barulhento.

— Arturo — chamou a mãe. — O café está na mesa.

Como se não soubesse que o café da manhã estava pronto! Como se todo mundo no Colorado não soubesse a essa altura que a família Bandini estava tomando o café da manhã!

Detestava sabonete e água, e nunca pudera entender por que tinha de lavar o rosto toda manhã. Detestava o banheiro porque não havia uma banheira nele. Detestava escovas de dentes. Detestava a pasta de dentes que sua mãe comprava. Detestava o pente da família, sempre cheio de argamassa dos cabelos do pai, e detestava seus próprios cabelos porque nunca ficavam assentados. Mais do que tudo, detestava seu rosto salpicado de sardas como 10 mil centavos esparramados sobre um tapete. A única coisa que gostava do banheiro era a tábua solta no canto do assoalho. Lá ele escondia *Scarlet Crime* e *Terror Tales*.

— Arturo! Os ovos estão esfriando!

Ovos. Oh, Senhor, como detestava ovos.

Estavam frios, de fato, mas não mais frios que os olhos de seu pai, que o dardejou enquanto se sentava. Então lembrou-se, e um olhar lhe revelou que a mãe o tinha delatado. Oh, Jesus! Pensar que sua própria mãe o tinha traído! Bandini acenou com a cabeça para a janela com oito vidraças do outro lado da sala, uma vidraça faltando, a abertura coberta por um pano de pratos.

— Quer dizer que enfiou a cabeça do seu irmão na vidraça?

Era demais para Federico. Ele viu tudo de novo: Arturo zangado, Arturo empurrando-o pela janela, o barulho do vidro. Subitamente, Federico começou a chorar. Não tinha chorado na noite passada, mas agora se lembrava: o sangue escorrendo por seus cabelos, a mãe lavando o ferimento, dizendo para ser corajoso. Era terrível. Por que não tinha chorado na noite passada? Não podia lembrar, mas estava chorando agora, os nós dos dedos arrancando lágrimas de seus olhos.

— Cale a boca! — disse Bandini.

— Deixe alguém enfiar sua cabeça numa vidraça — disse Federico. — Quero ver se não vai chorar!

Arturo o detestava. Por que precisava ter um irmão caçula? Por que ficara na frente da janela? Que tipo de pessoas eram esses carcamanos? Vejam só o seu pai aqui. Vejam-no esmagando os ovos com o garfo para mostrar como estava bravo. Vejam a gema de ovo no queixo do seu pai! E no bigode. Sem dúvida, era um legítimo carcamano, por isso precisava ter um bigode, mas tinha de enfiar os ovos pelos ouvidos? Não era capaz de encontrar a boca? Oh, Deus, esses italianos!

Mas Federico estava quieto agora. Seu martírio da noite passada não o interessava mais; encontrara uma migalha de pão no leite, lembrando-lhe um barco no oceano; drrrrrrr, fazia, o barco a motor, drrrrrrr. E, se o oceano fosse feito de leite de verdade... você podia ter sorvete no Polo Norte? Drrrrrrr, drrrrrrr. Subitamente estava pensando na noite passada de novo. Um jorro de lágrimas encheu-lhe os olhos e ele soluçou. Mas a migalha de pão estava afundando. Drrrrrrr, drrrrrrr. Não afunde, barco a motor! Não afunde! Bandini, o observava.

— Pelo sangue de Cristo! — disse. — Quer tomar aquele leite e parar de brincadeira?

Usar o nome de Cristo à toa era como esbofetear Maria na boca. Quando se casou com Bandini, não lhe ocorreu que ele dizia palavrões. Ela nunca chegou a se acostumar com isso. Mas Bandini xingava tudo. As primeiras palavras em inglês que ele aprendeu foram "que se dane". Tinha muito orgulho dos seus palavrões. Quando estava furioso, sempre desabafava em duas línguas.

— Bem — falou. — Por que empurrou a cabeça do seu irmão na janela?

— Como vou saber? — disse Arturo. — Simplesmente empurrei, foi só isso.

Bandini revirou os olhos horrorizado.

— E como vai saber se não vou arrancar sua miserável cabeça com um soco?

— Svevo — disse Maria. — Svevo. Por favor.

— O que você quer? — disse ele.

— Ele não fez por querer, Svevo — ela sorriu. — Foi um acidente. Coisa de criança.

Ele jogou o guardanapo com força na mesa. Cerrou os dentes e agarrou os cabelos com as duas mãos. E então balançou na cadeira para a frente e para trás, para a frente e para trás.

— Coisa de criança! — arremedou. — Aquele pequeno patife enfia a cabeça do irmão na vidraça e é coisa de criança! Quem vai pagar a vidraça? Quem vai pagar a conta do médico quando ele jogar o irmão de um penhasco? Quem vai pagar o advogado quando o mandarem para a cadeia por assassinar o irmão? Um assassino na família! *Oh, Deo uta me*! Oh, Deus, me acuda!

Maria balançou a cabeça e sorriu. Arturo contorceu os lábios num sorriso escarninho assassino: então seu próprio pai estava contra ele também, já o acusando de assassinato. A cabeça de August balançava tristemente, mas estava feliz porque não ia se tornar um assassino como seu irmão Arturo; quanto a August, ia ser padre; talvez estivesse lá para ministrar os últimos sacramentos antes que mandassem Arturo para a cadeira elétrica. Já Federico se via como a vítima da fúria do irmão, via-se jazendo estendido no seu enterro; todos os seus amigos de St. Catherine estavam lá, ajoelhados e chorando; oh, era tão terrível. Seus olhos marejaram de novo e ele soluçou amargamente, pensando se poderia ter outro copo de leite.

— Posso ganhar um barco a motor no Natal? — disse.

Bandini o fuzilou com o olhar, espantado.

— É tudo o que precisamos nesta família — disse. Então sua língua se agitou com sarcasmo: — Você quer um barco a motor de verdade, Federico? Um barco que faz put put put put?

— É o que eu quero! — riu Federico. — Um barco que faz puttedy puttedy put put!

Já estava dentro dele, pilotando-o sobre a mesa da cozinha e pelo lago Azul lá em cima nas montanhas. O olhar oblíquo de Bandini o fez desligar o motor e lançar âncora. Ficou muito quieto. O olhar de Bandini era firme e o atravessava. Federico queria chorar de novo, mas não ousava. Baixou os olhos para o copo de leite vazio, viu uma gota ou duas no fundo do copo e secou-as cuidadosamente, os olhos espiando o pai por cima da borda do copo. Lá estava Svevo Bandini... com aquele olhar. Federico sentiu a pele toda arrepiar.

— Puxa! — choramingou. — Que foi que eu fiz?

Quebrou o silêncio. Todos relaxaram, mesmo Bandini, que sustentara a cena o tempo suficiente. Calmamente ele falou:

— Nada de barcos a motor, entendeu? Absolutamente nada de barcos a motor.

Era tudo? Federico suspirou aliviado. O tempo todo acreditava que seu pai tivesse descoberto que havia sido ele que roubara os centavos de sua calça de trabalho, quebrara a lâmpada do poste da esquina, desenhara aquela figura da irmã Mary Constance no quadro-negro, acertara o olho de Stella Colombo com uma bola de neve e cuspira na pia de água benta em St. Catherine.

Suavemente ele disse:

— Não quero um barco a motor, papai. Se o senhor não quer que eu tenha um, eu não quero, papai.

Bandini acenou com a cabeça em aprovação para sua mulher: essa era a maneira de criar os filhos, dizia o seu aceno. Quando quer que um garoto faça uma coisa, olhe fixo para ele; essa é a maneira de criar um menino. Arturo limpou os restos de ovo do prato e abafou um riso de zombaria: Jesus, que pateta era o seu velho! Ele conhecia aquele Federico, Arturo o conhecia; sabia que pequeno patife sujo Federico era; que aquele truque de cara doce não o enganava de modo algum, e subitamente desejava que tivesse empurrado não só a cabeça de Federico, mas todo o seu corpo, cabeça e pés, por aquela janela.

— Quando eu era garoto — começou Bandini. — Quando eu era garoto, lá minha terra natal...

Imediatamente Federico e Arturo saíram da mesa. Já estavam cansados desse papo. Sabiam que ele ia contar-lhes pela milionésima vez que ganhava quatro centavos por dia carregando pedra nas costas, quando era garoto, lá na sua terra natal, carregando pedra nas costas quando era menino. A história hipnotizava Svevo Bandini. Era matéria de sonho que sufocava e apagava Helmer, o banqueiro, os furos nos sapatos, uma casa que não estava paga e crianças que precisavam ser alimentadas. Quando eu era menino: matéria de sonho. O passar dos anos, a travessia de um oceano, o acúmulo de bocas a serem alimentadas, o amontoado de problemas sobre problemas, ano após ano, era algo de que se gabar, como o ajuntamento de uma grande riqueza. Não podia comprar sapatos com aquilo, mas acontecera a ele. Quando eu era menino... Maria, ouvindo uma vez mais, se perguntou por que ele sempre tinha de expor a coisa daquela maneira, sempre insistindo no passar dos anos, envelhecendo a si mesmo.

Chegou uma carta de Donna Toscana, a mãe de Maria. Donna Toscana com a grande língua vermelha, não grande o suficiente para reter o fluxo de saliva raivosa à simples ideia de sua filha casada com Svevo Bandini. Maria virou e revirou a carta. A aba do envelope estava bem grudada com cola onde a língua imensa de Donna a lambera. Maria Toscana, Walnut Street, 345, Rocklin, Colorado, pois Donna se recusava a usar o nome de casada da filha. A garatuja pesada e selvagem podia ser riscos do bico ensanguentado de um gavião, a escrita de uma camponesa que acabara de cortar a garganta de um bode. Maria não abriu a carta; ela sabia o que estava escrito.

Bandini entrou pela porta dos fundos. Trazia nas mãos um bloco pesado de carvão que reluzia. Deixou-o cair na caçamba atrás do fogão. Suas mãos estavam manchadas de poeira preta. Franziu a testa; não gostava de carregar carvão; era trabalho de mulher. Olhou com irritação para Maria. Ela acenou com a cabeça para a carta apoiada num velho saleiro sobre a toalha amarela. A escrita grosseira da sogra contorcia-se como minúsculas serpentes diante de seus olhos. Odiava Donna Toscana com uma fúria que beirava o medo. Eles entravam em choque como animais macho e fêmea toda vez que se encontravam.

Sentiu prazer em segurar aquela carta com as mãos enegrecidas e sujas. Deleitou-se em abri-la aos rasgões, sem nenhum cuidado com a mensagem lá dentro. Antes de ler a carta, ergueu os olhos penetrantes para a esposa, para fazê-la saber uma vez mais o quão profundamente odiava a mulher que lhe dera a vida. Maria nada podia fazer; essa não era uma briga sua, em toda a sua vida de casada ela a ignorara, e teria destruído a carta se Bandini não a tivesse proibido até mesmo de abrir mensagens da mãe. Ele sentia um prazer cruel com as cartas da sogra, o que causava horror a Maria; havia alguma coisa negra e terrível naquilo, como espiar debaixo de uma pedra úmida. Era o prazer mórbido de um mártir, de um homem que extraía uma alegria quase exótica do castigo de uma sogra que se gratificava com sua miséria agora que ele caíra numa situação adversa. Bandini adorava aquilo, aquela perseguição, pois lhe dava um ímpeto selvagem para a embriaguez. Ele raramente bebia em excesso, porque ficava enjoado, mas uma carta de Donna Toscana tinha o efeito de cegá-lo. Servia-lhe de pretexto para o esquecimento, pois quando estava bêbado era capaz de odiar a sogra ao ponto da histeria, e ele podia esquecer, podia esquecer que sua casa ainda não fora paga, suas contas, a monotonia sufocante do casamento. Significava uma fuga: um dia, dois dias, uma semana de hipnose... e Maria podia se lembrar de períodos em que ele ficara bêbado durante duas semanas. Não havia como esconder dele as cartas de Donna. Elas chegavam raramente, mas só significavam uma coisa: que Donna passaria uma tarde com eles. Se ela viesse sem que ele visse a carta, Bandini sabia que sua mulher a escondera. Da última vez que ela fez isso, Svevo perdeu a compostura e deu em Arturo uma surra terrível por colocar sal demais no macarrão, uma ofensa menor e, naturalmente, uma ofensa que ele não teria notado sob circunstâncias normais. Mas a carta fora escondida e alguém tinha de pagar por aquilo.

A última carta tinha a data do dia anterior, 8 de dezembro, a festa da Imaculada Conceição. Enquanto Bandini lia a carta, a pele do seu rosto se tornava lívida e seu sangue desaparecia como areia engolindo a maré vazante. A carta dizia:

Minha querida Maria:

Hoje é o glorioso dia de festa de nossa Mãe Abençoada, e vou à igreja rezar para você na sua miséria. Meu coração se transporta até você e às pobres crianças, amaldiçoadas que são pela trágica condição em que você vive. Pedi à Mãe Abençoada para ter misericórdia de você e para trazer a felicidade àqueles pequeninos que não merecem o seu destino. Estarei em Rocklin na tarde de domingo e partirei no ônibus das oito horas. Todo amor e compaixão para você e as crianças.

Donna Toscana.

Sem olhar para sua mulher, Bandini colocou a carta na mesa e começou a roer a unha do polegar, já no sabugo. Seus dedos puxavam o lábio inferior. Sua fúria começava em algum lugar fora dele. Ela podia senti-la subindo pelos cantos da sala. Pelas paredes e pelo chão, um odor movendo-se num redemoinho completamente fora dela. Simplesmente para se distrair, ajeitou a blusa.

Fracamente, disse:

— Escute, Svevo...

Ele se levantou, deu-lhe uma pancadinha debaixo do queixo, seus lábios sorrindo malignamente para lhe informar que essa demonstração de afeto não era sincera, e saiu da sala.

— Oh, Marie! — cantou sem nenhuma música na voz, só ódio empurrando da garganta uma canção de amor lírica. — Oh, Marie. Oh, Marie! *Quanto sonna perdato per te! Fa me dor me! Fa me dor me!* Oh, Marie. Oh, Marie! Quanto sono perdi por causa de ti! Oh, deixa-me dormir, minha querida Marie!

Não havia jeito de fazê-lo parar. Ouviu seus pés sobre as finas solas salpicando o chão como gotas d'água caindo sobre um fogão. Ouviu o zunido do seu capote remendado e costurado quando se enfiou nele. Então silêncio por um momento, até que ouviu um fósforo riscado e sabia que ele estava acendendo um charuto. Sua fúria era grande demais para ela. Interferir teria sido dar-lhe a tentação de derrubá-la. Quando seus passos se aproximaram da porta da frente, ela prendeu a respiração: havia um painel de vidro naquela porta da frente. Mas não... ele a fechou suavemente e foi embora. Daí a pouco encontraria seu bom amigo, Rocco Saccone, o canteiro, o único ser humano que ela realmente odiava. Rocco Saccone, o amigo de infância de Svevo Bandini, o solteirão bebedor de uísque que tentara impedir o casamento de Bandini; Rocco Saccone, que vestia roupa de flanela branca em todas as estações e se gabava repulsivamente de suas seduções de mulheres casadas nas noites de sábado nos bailes do Odd Fellows Hall. Ela podia confiar em Svevo. Encheria a cara de uísque, mas não lhe seria infiel. Sabia disso. Mas podia ter certeza? Com um arquejo, deixou-se cair na cadeira diante da mesa e chorou enquanto enterrava o rosto nas mãos.

CAPÍTULO DOIS

Faltava um quarto para as três na sala da oitava série em St. Catherine's. A irmã Mary Celia, o olho de vidro doendo na órbita, estava com um ânimo perigoso. A pálpebra esquerda continuava tremendo, completamente descontrolada. Vinte alunos, 11 meninos e nove meninas, observavam a pálpebra trêmula. Um quarto para as três: 15 minutos ainda. Nellie Doyle, o vestido fino repuxado entre as nádegas, enumerava os efeitos econômicos do descaroçador de algodão de Eli Whitney, e os dois meninos atrás dela, Jim Lacey e Eddie Holm, riam como o diabo, mas em tom baixo, do vestido repuxado entre as nádegas de Nellie. Tinham sido avisados repetidas vezes para tomar cuidado se a pálpebra sobre o olho de vidro da velha Celia começasse a saltitar, mas vejam só a Doyle ali!

— Os efeitos econômicos do descaroçador de algodão de Eli Whitney foram sem precedentes na história do algodão — disse Nellie.

Irmã Mary Celia se levantou.

— Holm e Lacey! — ordenou. — Fiquem de pé!

Nellie sentou-se toda confusa e os dois meninos se levantaram. Os joelhos de Lacey estalaram e a classe abafou o riso. Lacey sorriu, depois corou. Holm tossiu, mantendo a cabeça baixa enquanto estudava as letras da marca na lateral do lápis.

Era a primeira vez na vida que prestara atenção naquelas letras e ficou um tanto surpreso ao verificar que diziam simplesmente Walter Pencil Co.

— Holm e Lacey — disse irmã Celia. — Fico aborrecida de ter patetas risonhos em sala de aula. Sentem-se! — e então se dirigiu a todo o grupo, mas estava na verdade falando apenas aos meninos, pois as meninas raramente lhe causavam problemas: — E o próximo canalha que eu pegar não prestando atenção à aula terá de ficar até as seis horas. Continue, Nellie.

Nellie levantou-se de novo. Lacey e Holm, espantados de terem se safado tão facilmente, mantinham a cabeça voltada para o outro lado da sala, ambos receando que pudessem rir de novo se o vestido de Nellie ainda estivesse repuxado.

— Os efeitos econômicos do descaroçador de algodão de Eli Whitney foram sem precedentes na história do algodão — disse Nellie.

Num sussurro, Lacey falou ao garoto à sua frente:

— Ei, Holm. Dê uma espiada no Bandini.

Arturo sentava-se no lado oposto da sala, a três carteiras da frente. A cabeça baixa, o peito na carteira, e encostado no tinteiro havia um espelhinho de mão no qual olhava enquanto deslizava a ponta de um lápis ao longo da linha do nariz. Estava contando suas sardas. Na noite passada, dormira com o rosto todo coberto de suco de limão: diziam que era maravilhoso para eliminar sardas. Ele contou 93, 94, 95... Uma sensação da inutilidade da vida tomou conta dele. Aqui estava, no auge do inverno, com o sol só aparecendo por um momento nos finais de tarde, e a contagem ao redor do nariz e das faces aumentara em nove sardas para o total grandioso de 95. De que valia viver? E na noite passada usara suco de limão também. Quem era a mentirosa daquela mulher que escrevera na seção doméstica do *Denver Post* de ontem que sardas "voavam para longe como o vento" com o uso de suco de limão? Ser sardento já era ruim, mas, pelo que sabia, era o único carcamano sardento na Terra. Onde arranjara aquelas sardas? De que lado da família herdara aquelas pequeninas marcas de cobre da besta? Implacavelmente começou a contagem em torno da orelha esquerda. O remoto relato dos efeitos econômicos do descaroçador de algodão de Eli Whitney chegava a ele vagamente. Josephine Perlotta estava fazendo uma exposição: com os diabos, quem se interessava pelo que Perlotta tivesse a dizer sobre o descaroçador de algodão? Era uma carcamana, como podia dizer algo sobre o descaroçador de algodão? Em junho, graças a Deus, ele se formaria nessa porcaria de escola católica e se matricularia numa escola pública, onde os carcamanos eram muito poucos. A contagem ao redor da orelha esquerda já chegara a 17, mais do que ontem. Que se danem essas sardas! Agora uma nova voz falava do descaroçador de algodão, uma voz como um violino suave, emitindo vibrações através de sua carne, tirando-lhe o fôlego. Largou o lápis e abriu a boca. Lá estava ela diante dele — sua bela Rosa Pinelli, seu amor, sua garota. Oh, descaroçador de algodão! Oh, maravilhoso Eli Whitney! Oh, Rosa, como você é maravilhosa. Eu te amo, Rosa, te amo, te amo, te amo!

Era uma italiana, claro; mas podia evitar isso? Era culpa dela, assim como também era culpa dele? Oh, olhem para os seus cabelos! Olhem para os seus ombros! Olhem para aquele bonito vestido verde! Ouçam aquela voz! Oh, você, Rosa! Conte a eles, Rosa! Conte a eles sobre aquele descaroçador de algodão! Sei que me odeia, Rosa. Mas eu te amo, Rosa, eu te amo, e um dia você vai me ver jogando no campo central para os New York Yanks. Estarei lá no campo central, querida, e você vai ser minha garota, sentada num camarote diante da terceira base, e eu vou entrar, vai ser a última metade do nono tempo, e os Yanks estarão três pontos atrás. Mas não se preocupe, Rosa! Vou chegar lá com três homens na base, vou olhar para você, e você vai me jogar um beijo, e vou mandar aquela velha maçã bem por cima do muro do campo central. Vou fazer história, querida. Você me beija, e eu vou fazer história!

— *Arturo Bandini*!

Não vou ter mais sardas então, também, Rosa. Terão sumido... elas sempre se vão quando você cresce.

— *Arturo Bandini*!

Vou mudar meu nome também, Rosa. Vão me chamar de Banning, o Bambino Banning; Art, o Bandido Batedor...

— *Arturo Bandini*!

Dessa vez ele ouviu. O rugido da multidão da World Series desapareceu. Ergueu os olhos para encontrar irmã Mary Celia avolumando-se sobre sua carteira, o punho batendo nela, o olho esquerdo tremendo. Olhavam para ele, todos, até sua Rosa ria dele, e seu estômago revirou ao perceber que estivera sussurrando sua fantasia em voz alta. Os outros podiam rir o quanto quisessem, mas Rosa — ah, Rosa, e sua risada era mais pungente que as outras, e ele sentia que o machucava, e a odiava: essa garota italiana, filha de um mineiro de carvão que trabalhava naquela cidade de carcamanos, Louisville: um desgraçado de um mineiro de carvão. Salvatore era o seu nome; Salvatore Pinelli, tão por baixo que tinha de trabalhar numa mina de carvão. Seria capaz de erguer um muro que durava anos e anos, uma centena, 200 anos? Não... o carcamano idiota tinha uma picareta e uma lanterna no capacete, e tinha de descer dentro da terra e ganhar a vida como um nojento e miserável rato carcamano. Seu nome era Arturo Bandini, e se existia alguém nessa escola que quisesse partir para a briga era só falar para ter o nariz quebrado.

— *Arturo Bandini*!

— Está certo — disse numa fala arrastada. — Está certo, irmã Celia. Eu a ouvi.

Levantou-se. A classe o observou. Rosa sussurrou algo para a garota atrás dela, sorrindo por trás da mão. Ele viu o gesto e estava prestes a gritar para ela, achando que tivesse feito algum comentário sobre suas sardas, ou sobre o grande remendo no joelho de suas calças, ou o fato de que precisava cortar os cabelos, ou a camisa encurtada e remodelada que seu pai usara antes e que nunca lhe caía bem.

— Bandini — disse irmã Celia. — Você é mesmo um retardado. Já lhe disse para prestar atenção. Sua estupidez merece ser recompensada. Vai ficar na escola até as seis horas.

Sentou-se e a sineta das três horas soou histericamente através dos corredores.

Estava sozinho com irmã Celia na sua mesa, corrigindo os deveres. Ela trabalhava sem se dar conta dele, o olho esquerdo tremendo de maneira irritante. No sudoeste, o sol pálido parecia doentio, mais como uma lua cansada naquela tarde de inverno. Ficou sentado com o queixo apoiado numa das mãos, observando o sol frio. Além das janelas, a fileira de pinheiros parecia ainda mais fria debaixo dos tristes fardos brancos. Em algum lugar na rua ouviu o grito de um menino e então o fragor de correntes de pneus. Odiava o inverno. Podia imaginar o campo de beisebol atrás da escola soterrado pela neve, a barreira da base principal dotada de um peso fantástico — a cena toda tão solitária, tão triste. O que havia para fazer no inverno? Estava quase satisfeito de ficar sentado ali, e esse castigo o divertia. Afinal, era um lugar tão bom para ficar sentado como outro qualquer.

— Quer que eu faça alguma coisa, irmã? — perguntou.

Sem erguer os olhos do trabalho, ela respondeu:

— Quero que fique sentado e quieto, se possível.

Sorriu e falou arrastado:

— Está certo, irmã.

Ficou sentado e quieto durante 10 minutos redondos.

— Irmã? — disse. — Quer que eu limpe os quadros-negros?

— Pagamos um homem para fazer isso — disse ela. — Na verdade, eu diria que pagamos bem demais a um homem para fazer isso.

— Irmã — disse ele. — A senhora gosta de beisebol?

— Prefiro futebol — disse ela. — Beisebol me aborrece.

— É porque não entende o lado mais sutil do jogo.

— Quieto, Bandini — disse ela. — Por favor.

Mudou de posição, pousando o queixo nos braços e observando-a com atenção. A pálpebra esquerda tremelicava incessantemente. Imaginou como ela conseguira esse olho de vidro. Sempre suspeitara que alguém a tivesse acertado com uma bola de beisebol; agora tinha quase certeza disso. Ela viera para St. Catherine's de Fort Dodge, Iowa. Ficou pensando no tipo de beisebol que jogariam em Iowa, se havia muitos italianos por lá.

— Como vai sua mãe? — perguntou ela.

— Não sei. Bem, eu imagino.

Ela ergueu o rosto do trabalho pela primeira vez e olhou para ele.

— O que quer dizer com *imagino*? Não sabe? Sua mãe é uma pessoa querida, uma bela pessoa. Tem a alma de um anjo.

Pelo que sabia, ele e seus irmãos eram os únicos estudantes que não pagavam na escola católica. O ensino era só 2 dólares mensais por aluno, mas isso significava 6 por mês para ele e os dois irmãos, e nunca eram pagos. Era uma distinção de grande tormento para ele, esse sentimento de que os outros pagavam e ele não. De vez em quando a mãe colocava 1 dólar ou 2 num envelope e pedia que entregasse à madre superiora, para pôr na conta. Isso era ainda mais revoltante. Ele sempre recusava violentamente. August, porém, não se importava de entregar os raros envelopes; na verdade, ansiava pela oportunidade. Odiava August por isso, por fazer um cavalo de batalha da sua pobreza, por sua disposição de lembrar às freiras que eles eram pessoas pobres. Ele nunca quisera ir para a escola das irmãs de qualquer maneira. A única coisa que a tornava tolerável era o beisebol. Quando irmã Celia lhe disse que sua mãe tinha uma bela alma, sabia que sua mãe era brava para se sacrificar e se abnegar por aqueles pequenos envelopes. Mas não havia nenhuma bravura naquilo para ele. Era horrível, era odioso, fazia seus irmãos e ele diferentes dos outros. Por que, não sabia ao certo — mas estava lá, um sentimento que os tornava diferentes de todos aos seus olhos. Era de certo modo parte de um esquema que incluía suas sardas, sua necessidade de um corte de cabelo, o remendo no seu joelho e o fato de ser italiano.

— Seu pai vai à missa aos domingos, Arturo?

— Claro — disse ele.

Aquilo entalou na sua garganta. Por que precisava mentir? Seu pai só ia à missa na manhã de Natal e às vezes no Domingo de Páscoa. Mentindo ou não, agradava-lhe que o pai desprezasse a missa. Não sabia o por quê, mas aquilo lhe agradava. Lembrava-se da argumentação do pai. Svevo dissera: se Deus está por toda a parte, por que tenho de ir à missa no domingo? Por que não posso ir ao Salão de Bilhar Imperial? Deus não está lá também? Sua mãe sempre tremia horrorizada diante desse argumento teológico, mas ele se lembrava de como a resposta dela fora fraca, a mesma resposta que ele aprendera no catecismo e que sua mãe aprendera no mesmo catecismo anos antes. Era nosso dever como cristãos, dizia o catecismo. Quanto a ele, às vezes ia à missa, às vezes não. Nas vezes em que não ia, um grande medo se apoderava dele e sentia-se tão miserável e assustado que tinha de desabafar aquilo no confessionário.

Às quatro e meia, irmã Celia acabou de corrigir seus papéis. Ele continuava sentado ali, cansado, exausto e ferido por sua impaciência de fazer algo, qualquer coisa. A sala estava quase escura. A lua se elevara aos poucos do sinistro céu do leste e ia ser uma lua branca se chegasse a aparecer. A sala o entristecia na penumbra. Era uma sala para freiras caminharem em sapatos silenciosos e grossos. As carteiras vazias falavam com tristeza das crianças que haviam ido embora, e sua própria carteira parecia solidária, sua intimidade calorosa mandando-o para casa a fim de que pudesse ficar sozinha com as outras carteiras. Riscada e marcada com suas iniciais, borrada e manchada de tinta, a carteira estava tão cansada dele como ele da carteira. Agora quase se odiavam, embora se mostrassem pacientes um com o outro.

Irmã Celia levantou-se, juntando os papéis.

— Às cinco você pode ir embora — disse ela. — Mas sob uma condição...

Sua letargia consumia qualquer curiosidade sobre qual seria aquela condição. Escarrapachado com os pés cruzados em torno da carteira à sua frente, nada mais podia fazer senão amargar seu próprio desgosto.

— Quero que saia daqui às cinco horas e vá ao Santíssimo Sacramento, e que peça à Virgem Maria que abençoe sua mãe e lhe traga toda a felicidade que ela merece... pobrezinha.

Saiu então. Pobrezinha. Sua mãe... pobrezinha. Aquilo lhe causava um desespero de trazer lágrimas aos olhos. Por toda a parte era o mesmo, sempre sua mãe... a pobrezinha, sempre pobre e pobre, sempre aquilo, aquela palavra, sempre nele e ao redor dele, e subitamente ele se soltou naquela sala semiobscura e chorou, soluçando para arrancar o pobre dele, chorando e sufocando, não por isso, não por ela, por sua mãe, mas por Svevo Bandini, seu pai, por aquele olhar do seu pai, por aquelas mãos enodoadas do seu pai, pelas ferramentas de pedreiro de seu pai, pelas paredes que seu pai construíra, pelos degraus, pelas cornijas, pelas lareiras e catedrais, e todas eram tão bonitas, por aquele sentimento nele quando seu pai cantava a Itália, um céu italiano, uma baía napolitana.

Às quinze para as cinco, sua miséria se dissipara. A sala estava completamente escura. Passou a manga pelo nariz e sentiu um contentamento crescendo no coração, uma sensação boa, uma inquietação que fazia dos próximos 15 minutos uma mera nulidade. Queria acender as luzes, mas a casa de Rosa estava além do terreno baldio do outro lado da rua e as janelas da escola eram visíveis da varanda dos fundos da casa dela. Podia ver a luz acesa e aquilo lembraria a ela que ele ainda estava na sala de aula.

Rosa, sua garota. Ela o odiava, mas era sua garota. Será que sabia que ele a amava? Era por isso que o odiava? Podia ela ver as coisas misteriosas que se passavam dentro dele e seria por isso que ria dele? Atravessou a sala até a janela e viu a luz na cozinha da casa de Rosa. Em algum lugar debaixo daquela luz, Rosa caminhava e respirava. Talvez estivesse estudando suas lições agora, pois Rosa era muito estudiosa e conseguia as melhores notas da classe.

Afastando-se da janela, aproximou-se da carteira dela. Era como nenhuma outra na sala: mais limpa, mais feminina, a superfície mais brilhante e envernizada. Sentou-se na cadeira dela e a sensação o emocionou. Suas mãos tatearam a madeira, dentro da pequena prateleira onde ela guardava os livros. Seus dedos encontraram um lápis. Examinou-o detalhadamente: estava levemente marcado pelos dentes de Rosa. Beijou-o. Beijou todos os livros que encontrou ali, todos tão caprichosamente encadernados em papel lustroso branco cheirando a limpeza.

Às cinco horas, seus sentidos entontecidos de amor e com Rosa, Rosa, Rosa jorrando dos seus lábios, desceu as escadas para o anoitecer de inverno. A igreja de St. Catherine ficava bem ao lado da escola. Rosa, eu te amo!

Num transe, caminhou pela nave central envolto pela obscuridade, a água benta ainda fria nas pontas dos dedos e na testa, os pés ecoando no coro, o cheiro de incenso, o cheiro de mil funerais e de mil batizados, o odor doce da morte e o odor acre dos vivos misturados em suas narinas, o sussurro abafado das velas acesas, o eco de si mesmo caminhando nas pontas dos pés através da longa nave e, no seu coração, Rosa.

Ajoelhou-se diante do Santíssimo Sacramento e tentou rezar como lhe haviam ensinado, mas seu pensamento tremulava e flutuava com o devaneio do nome dela, e de repente se deu conta de que estava cometendo um pecado, um grande e horrível pecado ali na presença do Santíssimo Sacramento, pois estava pensando em Rosa com malícia, pensando nela de um modo que o catecismo proibia. Cerrou bem os olhos e tentou bloquear o mal, mas ele retornou ainda mais forte, e então seu pensamento se voltou para a cena de incomparável pecaminosidade, algo que nunca pensara antes em toda a sua vida, e estava boquiaberto não só diante do horror de sua alma na visão de Deus, mas pelo surpreendente êxtase daquele novo pensamento. Não podia suportar aquilo. Poderia morrer por isso: Deus poderia fulminá-lo com morte instantânea. Levantou-se, fez o sinal da cruz e saiu correndo da igreja, aterrorizado, o pensamento pecaminoso indo atrás dele como se tivesse asas. Mesmo quando alcançou a rua gélida, se espantou de que pudesse ter escapado com vida, pois a corrida ao longo da nave central, por onde tantos mortos haviam sido levados, parecia interminável. Não havia nenhum traço do pensamento maldoso em sua mente quando chegou à rua e viu as primeiras estrelas da noite. Fazia frio demais para aquilo. Num momento estava tremendo, pois embora usasse três suéteres, não possuía nenhum casaco de lã nem luvas, e batia as palmas das mãos para mantê-las aquecidas. Ficava a um quarteirão fora do seu caminho, mas queria passar pela casa de Rosa. O bangalô dos Pinelli aninhava-se entre choupos, a 30 metros da calçada. As persianas das duas janelas da frente estavam abaixadas. De pé na calçada da frente, com os braços cruzados e as mãos apertadas debaixo das axilas para ficarem quentes, espreitava por um sinal de Rosa, sua silhueta quando cruzasse a linha de visão através da janela. Batia com os pés no chão, seu sopro exalava nuvens brancas. Nada de Rosa. Então na neve funda fora da calçada seu rosto gelado debruçou-se para estudar as pequenas pegadas de uma garota. De Rosa... de quem mais senão de Rosa, nesse pátio. Seus dedos frios agarraram a neve da pegada e aquela ao seu redor, e com as duas mãos em concha ele a carregou consigo rua abaixo...

Chegou a casa para encontrar os dois irmãos jantando na cozinha. Ovos de novo. Seus lábios se contorceram quando parou ao lado do fogão, aquecendo as mãos. A boca de August estava cheia de pão quando falou:

— Peguei a lenha, Arturo. Você tem de pegar o carvão.

— Onde está a Mamma?

— Na cama — disse Federico. — Vovó Donna está vindo.

— Papai já está bêbado?

— Não está em casa.

— Por que vovó continua vindo? — disse Federico. — Papai sempre fica bêbado.

— Ah, a velha puta! — disse Arturo.

Federico adorava palavrões. Riu.

— A velha putinha da puta — disse ele.

— Isso é um pecado — disse August. — São dois pecados.

Arturo escarneceu:

— Que quer dizer *dois* pecados?

— Um por falar palavrão, o outro por não honrar pai e mãe.

— Vovó Donna não é minha mãe.

— É sua avó.

— Que se foda.

— Isso também é pecado.

— Ora, feche a matraca.

Quando suas mãos formigaram, ele apanhou a caçamba grande e a pequena de trás do fogão e abriu com um chute a porta dos fundos. Balançando cautelosamente as caçambas, seguiu pelo caminho aberto com exatidão até o depósito de carvão. O suprimento de carvão estava quase no fim. Isso significava que sua mãe tomaria uma reprimenda infernal de Bandini, que nunca entendia por que se queimava tanto carvão. A Big 4 Coal Company, ele sabia, tinha cortado o crédito a seu pai. Encheu as caçambas e maravilhou-se com a esperteza do pai de conseguir as coisas sem dinheiro. Não admira que se embriagasse. Ele também se embriagaria se tivesse de continuar comprando fiado.

O som de carvão batendo nas caçambas de lata atraiu as galinhas de Maria no galinheiro que ficava no caminho. Elas cambalearam sonolentas no quintal banhado de luar e olharam com um ar faminto para o garoto enquanto ele se debruçava na entrada do galpão. Cacarejaram sua saudação, suas absurdas cabeças enfiadas nos buracos do aramado do galinheiro. Ele as ouviu e, ficando de pé, olhou para elas com ódio.

— Ovos — disse. — Ovos no café da manhã, ovos no almoço, ovos no jantar.

Encontrou um pedaço de carvão do tamanho do seu punho, recuou e mediu a distância. A velha galinha marrom mais perto dele recebeu o golpe no pescoço quando o carvão passou zunindo, só faltando arrancar sua cabeça, e ricocheteou no galinheiro. Ela cambaleou, caiu, levantou-se fracamente enquanto as outras gritavam seu medo e desapareciam para dentro do galinheiro. A velha galinha marrom estava de pé de novo, dançando vertiginosamente na parte do quintal coberta de neve, um ziguezague de estranhas e brilhantes pinturas vermelhas sobre a neve. Ela morreu lentamente, arrastando a cabeça ensanguentada atrás de si num rastro de neve que subia até o topo da cerca. Ele observou a ave sofrer com fria satisfação. Quando ela estremeceu pela última vez, ele grunhiu e carregou as caçambas de carvão até a cozinha. Um momento depois, voltou e apanhou a galinha morta.

— Por que tinha de fazer isso? — disse August. — É um pecado.

— Ora, cale a boca — disse ele, erguendo o punho.

Capítulo Três

Maria estava doente. Federico e August entraram na ponta dos pés no quarto onde estava deitada, tão frio do inverno, tão quente com a fragrância das coisas na penteadeira, o fino odor dos cabelos da Mamma sobressaindo, o odor forte de Bandini, de suas roupas em algum lugar no quarto. Maria abriu os olhos. Federico estava prestes a soluçar. August pareceu aborrecido.

— Estamos com fome — disse ele. — Onde é que dói?

— Vou me levantar — disse ela.

Ouviram o estalar de suas juntas, viram o sangue voltar ao lado branco do seu rosto, sentiram-lhe o ranço dos lábios e a miséria do ser. August odiava aquilo. Subitamente seu próprio hálito adquirira aquele gosto rançoso.

— Onde está doendo, Mamma?

— Por que diabo vovó Donna tem de vir para nossa casa? — disse Frederico.

Ela sentou-se na cama, a náusea rastejando sobre si. Cerrou os dentes para abafar uma ânsia de vômito. Sempre fora doente, mas a sua sempre fora uma doença sem sintoma, dor sem sangue ou machucado. O quarto rodava com o seu desalento. Juntos, os irmãos sentiram um desejo de correr para a cozinha, onde estava claro e quente. Saíram com culpa.

Arturo estava sentado com os pés no fogão, apoiado em blocos de madeira. A galinha morta jazia num canto, um filete de sangue escorrendo do bico. Quando Maria entrou, a viu sem surpresa. Arturo observou Federico e August, que observaram a mãe. Ficaram desapontados de que a galinha não a tivesse aborrecido.

— Todo mundo tem de tomar banho logo depois do jantar — disse. — Vovó vai chegar amanhã.

Os irmãos começaram a gemer e uivar. Não havia banheira. Banho significava baldes d'água numa tina no chão da cozinha, uma tarefa cada vez mais odienta para Arturo, pois estava crescendo agora e não podia mais sentar-se à vontade na tina.

Durante mais de 14 anos Svevo Bandini reiterara a promessa de instalar uma banheira. Maria podia se lembrar do primeiro dia em que entrara naquela casa com ele. Quando lhe mostrou o que elogiosamente chamou de banheiro, acrescentou rapidamente que na semana seguinte faria instalar uma banheira. Depois de 14 anos, ainda afirmava aquilo.

— Semana que vem — dizia — vou providenciar aquela banheira.

A promessa se tornara folclore familiar. Os meninos se divertiam com aquilo. Ano após ano, Federico ou Arturo perguntavam: "Papai, quando vamos ter uma banheira?" E Bandini respondia com profunda determinação: "Semana que vem" ou "No primeiro dia da semana".

Quando riam ao ouvi-lo dizer aquilo repetidamente, ele os fuzilava com o olhar, exigia silêncio e gritava: "Que diabo é tão engraçado?" Até ele, quando se banhava, resmungava e xingava a tina na cozinha. Os meninos podiam ouvi-lo condenando furiosamente sua sorte na vida e suas promessas.

— Semana que vem, por Deus, semana que vem!

Enquanto Maria preparava a galinha para o jantar, Federico gritou:

— A coxa é minha! — e desapareceu atrás do fogão com um canivete. Agachando-se no caixote de gravetos, entalhava barcos para navegarem na tina enquanto tomasse banho. Entalhava e empilhava, uma dúzia de barcos, grandes e pequenos, madeira bastante para encher a tina pela metade, para não mencionar o deslocamento provocado por seu próprio corpo. Mas quanto mais, melhor: podia encenar uma batalha naval, ainda que precisasse sentar-se sobre alguma das suas belonaves.

August estava inclinado no canto, estudando a liturgia em latim dos coroinhas para a missa. Padre Andrew lhe dera o livro de preces como recompensa por sua piedade notável durante o Santo Sacrifício, tal piedade sendo um triunfo de mera resistência física, pois enquanto Arturo, que também era coroinha, procurava sempre remover o peso de um joelho para outro através dos longos serviços da missa solene, ou se coçava, ou bocejava, ou esquecia de responder às palavras do padre, August nunca fora culpado de tal impiedade. Na verdade, August se orgulhava muito de um recorde mais ou menos não oficial que agora detinha na sociedade dos coroinhas. A saber: era capaz de ficar ajoelhado reto com as mãos reverentemente unidas por um período mais longo do que qualquer outro acólito. Os outros coroinhas espontaneamente admitiam a superioridade de August nesse campo, e nenhum dos 40 membros da organização via o menor sentido em desafiá-lo. Que o seu talento para a resistência sobre joelhos ficasse sem desafio aborrecia frequentemente o campeão.

A grande demonstração de piedade de August, sua magistral eficiência como coroinha, era motivo de satisfação duradoura para Maria. Sempre que as freiras ou membros da paróquia mencionavam as propensões ritualísticas de August, ela irradiava felicidade. Nunca perdia uma missa de domingo em que August servisse. Ajoelhada na primeira fileira de bancos, ao pé do altar principal, a visão do seu segundo filho de batina e sobrepeliz a preenchia por completo. O fluir de suas roupas enquanto caminhava, a precisão do seu serviço, o silêncio dos seus pés no opulento tapete vermelho, era devaneio e sonho, o paraíso na Terra. Um dia August seria padre; tudo o mais se tornava sem sentido; ela podia sofrer e trabalhar como uma escrava. Podia morrer e morrer de novo, mas seu ventre dera a Deus um padre, santificando-a, uma eleita, mãe de um padre, parente da Virgem Santíssima...

Com Bandini era diferente. August era muito devoto e desejava tornar-se padre — *si*. Mas *Chi copro*! Que diabo, ele iria superar aquilo. O espetáculo de seus filhos como coroinhas lhe proporcionava mais divertimento do que satisfação espiritual. Nas raras vezes em que ia à missa e os via, geralmente na manhã de Natal, quando a tremenda cerimônia do catolicismo atingia sua expressão mais elaborada, não era sem um riso abafado que observava seus três filhos em solene procissão pela nave central. Então os via não como crianças consagradas, paramentadas em rendas caras e em profunda comunhão com o Todo-poderoso; em vez disso, tais vestes serviam para aumentar o contraste, e ele os via simples e mais vivamente como realmente eram, não só seus filhos, mas também meninos — garotos selvagens, irreverentes, pouco à vontade e se coçando dentro de suas pesadas batinas. A visão de Arturo, sufocando com um colarinho de celuloide apertado contra as orelhas, seu rosto sardento vermelho e inchado, seu ódio mortífero de toda a cerimônia fazia Bandini mal conter o riso. Quanto ao pequeno Federico, era o mesmo, um diabo, apesar de todos os seus adornos. Apesar dos suspiros seráficos das mulheres, Bandini conhecia o embaraço, o desconforto, o terrível aborrecimento dos meninos. August queria ser padre; ora, ele superaria aquilo. Cresceria e esqueceria de tudo aquilo. Cresceria para ser um homem ou ele, Svevo Bandini, arrancaria sua desgraçada cabeça dura com um soco.

Maria segurou a galinha morta pelas pernas. Os meninos taparam o nariz e fugiram da cozinha quando ela a abriu e a preparou para cozinhar.

— A coxa é minha — disse Federico.

— Já ouvimos da primeira vez que falou — disse Arturo.

Estava num ânimo negro, sua consciência bradando interrogações sobre a galinha assassinada. Teria cometido um pecado mortal ou a matança da galinha seria apenas um pecado venial? Deitado na sala de estar, o calor da estufa barriguda chamuscando um lado do seu corpo, refletia lugubremente sobre os três elementos que, segundo o catecismo, constituíam um pecado mortal. Primeiro: comportamento nocivo; segundo: reflexão suficiente; terceiro: pleno consentimento da vontade.

Seu pensamento espiralava em imagens tenebrosas. Lembrava aquela história de irmã Justinus sobre o assassino que, em todas as suas horas, acordado ou dormindo, via diante dos olhos o rosto contorcido do homem que havia matado; a aparição o insultava, o acusava, até que o assassino fora em terror à confissão e desabafara a Deus seu crime hediondo.

Seria possível que ele viesse a sofrer assim? Aquela galinha feliz, confiante. Uma hora atrás a ave estava viva, em paz com a Terra. Agora estava morta, assassinada a sangue-frio por suas próprias mãos. Seria sua vida assombrada até o fim pela imagem de uma galinha? Olhou para a parede, piscou os olhos e abriu a boca. Ela estava lá... a galinha morta o fitava de frente, cacarejando sinistramente! Ficou de pé num pulo, correu para o quarto de dormir, trancou a porta.

— Oh, Virgem Maria, me dê uma chance! Não fiz aquilo por querer! Juro por Deus que não sei por que fiz aquilo! Oh, por favor, querida galinha! Querida galinha, estou arrependido de ter matado você!

Lançou-se numa saraivada de ave-marias e padre-nossos até os joelhos doerem, até que tendo mantido uma contagem exata de cada oração concluiu que 45 ave-marias e 19 padre-nossos eram o bastante para uma contrição sincera. Mas uma superstição em relação ao número 19 o fez sussurrar mais um padre-nosso para completar 20. Então, sua mente ainda preocupada com alguma avareza, juntou mais duas ave-marias e dois padre-nossos só para provar sem sombra de dúvida que não era supersticioso e não tinha nenhuma fé em números, pois o catecismo enfaticamente condenava qualquer tipo de superstição.

Podia ter seguido rezando, mas a mãe o chamou para jantar. No centro da mesa da cozinha ela colocara um prato com uma pilha de galinha frita tostada. Federico guinchava e martelava o prato com um garfo. O devoto August abaixou a cabeça e sussurrou graças antes da refeição. Muito tempo depois de ter feito a prece, manteve o pescoço dolorido abaixado, se perguntando por que a mãe não fez nenhum comentário. Federico cutucou Arturo e então girou o polegar na ponta do nariz numa careta para o devoto August. Maria estava de frente para o fogão. Virou-se, a tigela de molho na mão, e viu August, sua cabeça dourada tão reverentemente inclinada.

— Bom menino, August — ela sorriu. — Bom menino. Deus o abençoe!

August ergueu a cabeça e fez o sinal da cruz. Mas àquela altura Federico já havia assaltado o prato de galinha e as duas coxas já tinham sumido. Uma delas Federico roía. A outra ele a escondera entre as pernas. Os olhos de August deram uma busca na mesa, contrariado. Suspeitava de Arturo, que estava sentado meio sem apetite. Maria sentou-se. Em silêncio passou margarina numa fatia de pão.

Os lábios de Arturo se trancaram numa careta ao olhar para a galinha crocante e desmembrada. Uma hora atrás aquela galinha era feliz, sem saber do assassinato iminente. Olhou para Federico, cuja boca salivava enquanto avançava na carne suculenta. Aquilo enojou Arturo. Maria empurrou o prato para ele.

— Arturo, você não está comendo.

A ponta do garfo tateou com perspicácia insincera. Encontrou um pedaço solitário, um miserável pedaço que parecia ainda pior quando o colocou no prato — a moela. Deus, por favor, não me deixe mais ser cruel com os animais. Beliscou cautelosamente. Nada mau. Tinha um gosto delicioso. Deu outra mordida. Sorriu. Apanhou mais. Comeu com vontade, procurando carne branca. Lembrou-se de onde Federico escondera a outra coxa. Sua mão deslizou por baixo da mesa e a pegou sem que ninguém notasse, tirou-a do colo de Federico. Quando terminou a coxa, riu e jogou o osso no prato do irmão caçula. Federico olhou para o osso, levando a mão ao colo em alarme:

— Diabos o carreguem! — disse. — Diabos o carreguem, Arturo. Seu ladrão!

August olhou para o irmão menor com reprovação, sacudindo o cabelo amarelo. Diabos o carreguem era uma expressão pecaminosa; talvez não fosse um pecado mortal; talvez apenas um pecado venial, mas um pecado de qualquer maneira. Ficou triste com aquilo e tão contente por não usar palavrões como os irmãos. Não era uma galinha grande. Limparam o prato no centro da mesa, e quando só havia ossos diante deles Arturo e Federico os roeram e sugaram o tutano.

— Ainda bem que papai não vem para casa — disse Federico. — Íamos ter de guardar um pouco para ele.

Maria sorriu deles, os rostos lambuzados de molho, migalhas de galinha até nos cabelos de Federico. Limpou-as e advertiu quanto a boas maneiras na frente de vovó Donna.

— Se comerem do jeito que comeram esta noite, ela não lhes dará um presente de Natal.

Ameaça vã. Presentes de Natal de vovó Donna! Arturo grunhiu:

— Ela só nos dá pijamas. Com os diabos, quem quer saber de pijamas?

— Aposto que papai já está bêbado — disse Federico. — Ele e Rocco Saccone.

O punho de Maria perdeu a cor e se fechou.

— Aquele demônio — disse. — Não falem dele nesta mesa!

Arturo entendia o ódio de sua mãe por Rocco. Maria tinha tanto medo dele, ficava tão revoltada quando ele se aproximava. Seu ódio por aquela amizade de uma vida inteira era incansável. Passaram a infância juntos nos Abruzos. Nos primeiros dias antes do seu casamento, andavam juntos com mulheres, e quando Rocco vinha visitá-los, ele e Svevo tinham um jeito de beber e de rir juntos sem falar, de resmungar num dialeto provincial italiano e depois rir ruidosamente, uma linguagem violenta de grunhidos e de lembranças, abundante de implicações e no entanto sem sentido e sempre de um mundo ao qual ela nunca pertencera e nunca poderia pertencer. O que Bandini fizera antes do casamento ela fingia não levar em conta, mas esse Rocco Saccone com sua risada suja que Bandini apreciava e partilhava era um segredo do passado que ela ansiava por capturar, por descerrar de uma vez por todas, pois parecia saber que, uma vez que os segredos daqueles primeiros tempos lhe fossem revelados, a linguagem particular de Svevo Bandini e Rocco Saccone se extinguiria para sempre.

Com Bandini fora, a casa não era a mesma. Depois do jantar, os meninos, enlanguescidos pela comida, ficaram deitados no chão da sala de estar, aproveitando o calor da estufa no canto. Arturo colocou carvão e a estufa chiou e cacarejou feliz da vida, rindo suavemente enquanto eles se esparramavam em torno dela, seus apetites saciados.

Na cozinha, Maria lavava os pratos, consciente de um prato a menos para lavar, uma xícara a menos. Quando ela os devolveu à copa, a xícara pesada e surrada de Bandini, maior e mais desajeitada do que as outras, parecia demonstrar um orgulho ferido por ter ficado sem uso durante toda a refeição. Na gaveta onde guardava os talheres, a faca de Bandini, sua favorita, a faca de mesa mais afiada e perigosa do conjunto, brilhava sob a luz.

A casa perdera sua identidade agora. Uma ripa solta do telhado sibilava causticamente ao vento; os fios da luz elétrica roçavam no frontão da varanda dos fundos, parecendo zombar. O mundo de coisas inanimadas encontrava voz, conversava com a velha casa, e a casa tagarelava com deleite de comadre sobre o descontentamento no interior de suas paredes. As tábuas debaixo dos seus pés rangiam seu miserável prazer.

Bandini não viria para casa esta noite.

A percepção de que ele não viria para casa, o conhecimento de que estava provavelmente bêbado em alguma parte da cidade, afastando-se deliberadamente, era aterrorizante. Tudo o que era hediondo e destrutivo sobre a Terra parecia oculto na informação. Ela já sentia as forças da escuridão e do terror reunindo-se em torno de si, rastejando em formação macabra sobre a casa.

Assim que os pratos do jantar estavam guardados, a pia limpa, o chão varrido, seu dia abruptamente morreu. Agora não lhe restava nada com que se ocupar. Fizera tanto trabalho de costura e remendo durante 14 anos sob a luz amarela que seus olhos resistiam violentamente toda vez que tentava; dores de cabeça a acometiam e era forçada a desistir até da luz do dia.

Às vezes folheava uma revista feminina sempre que lhe caía às mãos; aquelas revistas de papel lustroso que proclamavam um paraíso americano para as mulheres: belos móveis, belos vestidos, de mulheres lindas que encontravam romance na agitação, de mulheres espertas discutindo papel higiênico. Essas revistas, essas fotos representavam aquela categoria vaga: "mulheres americanas". Ela sempre falava com admiração daquilo que "as mulheres americanas" estavam fazendo.

Acreditava naquelas imagens. Hora após hora era capaz de ficar sentada na velha cadeira de balanço ao lado da janela da sala de estar, folheando uma revista feminina, metodicamente lambendo a ponta do dedo e virando a página. Saía entorpecida com a convicção da distância que a separava daquele mundo de "mulheres americanas".

Esse era um lado seu que Bandini ridicularizava amargamente. Ele, por exemplo, era um italiano puro, de origem camponesa com raízes fincadas bem fundo ao longo de gerações. No entanto, agora que tinha documentos de cidadania americana, nunca se considerara um italiano. Não, era um americano; às vezes o sentimento zumbia na sua cabeça e queria gritar o seu orgulho hereditário; mas para todos os propósitos sensatos era um americano, e quando Maria lhe falava do que "as mulheres americanas" estavam fazendo e vestindo, quando mencionava a atividade de uma vizinha, "aquela mulher americana mais adiante nesta rua", aquilo o enfurecia. Pois era altamente sensível à distinção de classe e raça, do sofrimento que acarretava, e era amargamente contra aquilo.

Era um pedreiro e para ele não havia vocação mais sagrada na face da Terra. Você podia ser um rei, podia ser um conquistador, mas não importa o que fizesse, precisava ter uma casa, e se tinha o menor bom-senso seria uma casa de tijolos, e, naturalmente, construída por um homem do sindicato, na tabela do sindicato. Aquilo era importante.

Mas Maria, perdida no reino encantado das revistas femininas, contemplando com suspiros os ferros de passar e aspiradores elétricos, lavadoras de roupas automáticas e fogões elétricos, tinha apenas de fechar as páginas daquela terra da fantasia e olhar em torno: as cadeiras duras, os tapetes puídos, os quartos frios. Bastava-lhe virar a mão e examinar a palma, calejada de uma tábua de lavar roupa, para perceber que não era, afinal, uma mulher americana. Nada a seu respeito, nem a pele, nem as mãos, nem os pés, nem a comida que comia nem os dentes que a mastigavam... nada nela, nada, lhe dava uma afinidade com "a mulher americana".

Não sentia falta de livros nem revistas. Tinha seu próprio meio de fuga: o rosário. Aquela fieira de contas brancas, os minúsculos elos desgastados numa dúzia de lugares e unidos por pedaços de linha branca que por sua vez arrebentavam regularmente, era, conta por conta, sua quieta fuga do mundo. Ave Maria, cheia de graça, o Senhor é convosco. E Maria começava a escalar. Conta por conta, a vida e o viver desapareciam. Ave, Maria, Ave, Maria. Sonho sem sono tomava conta dela. Paixão sem carne a embalava. Amor sem morte sussurrava a melodia da crença. Estava longe: estava livre; não era mais Maria, americana ou italiana, pobre ou rica, com ou sem máquinas de lavar e aspiradores de pó; aqui estava a terra dos que possuíam tudo. Ave, Maria, Ave, Maria, repetidamente, 1.100 mil vezes, oração sobre oração, o sono do corpo, o escape da mente, a remissão da dor, o profundo devaneio silencioso da crença. Ave, Maria e Ave, Maria. Era para isso que ela vivia.

Essa noite a passagem através das contas para o escape, a sensação de júbilo que o rosário lhe trazia, estava em sua mente muito antes de ter apagado a luz da cozinha e caminhado até a sala de estar, onde os filhos, grunhindo e grogues, estavam espalhados pelo chão. A refeição fora demais para Federico. Já estava pesado e sonolento, deitado com o rosto virado para o lado, a boca bem aberta. August, deitado de barriga para baixo, olhava vagamente para a boca de Federico e refletia que, depois que fosse ordenado padre, certamente encontraria uma paróquia rica e jantaria galinha toda noite.

Maria afundou-se na cadeira de balanço ao lado da janela. O estalo familiar dos seus joelhos levou Arturo a um sobressalto de aborrecimento. Ela tirou as contas do bolso do avental. Seus olhos escuros fecharam-se e seus lábios começaram a se mover, um sussurro audível e intenso.

Arturo rolou para o lado e estudou o rosto da mãe. Sua cabeça funcionou rápido. Deveria interrompê-la e pedir 10 centavos para o cinema ou economizar tempo e trabalho indo até o quarto de dormir e roubando o dinheiro? Não havia nenhum risco de ser apanhado. Assim que a mãe começava a desfiar o rosário, ela não abria mais os olhos. Federico estava dormindo, e quanto a August, era estúpido e santo demais para saber o que estava acontecendo no mundo. Levantou-se e esticou as pernas.

— Há-há. Acho que vou pegar um livro.

Na escuridão glacial do quarto da mãe, ele levantou o colchão no pé da cama. Seus dedos apanharam as magras moedas na bolsa maltrapilha, centavos e níqueis, mas até aqui nenhuma moeda de 10 centavos. Então se fecharam ao redor da fina e familiar pequenez de uma moeda de 10 centavos. Devolveu a bolsa ao seu lugar dentro da mola e apurou os ouvidos para sons suspeitos. Então, com um floreio de passadas ruidosas e assobio alto, entrou no próprio quarto e pegou o primeiro livro que suas mãos alcançaram na cômoda.

Voltou à sala de estar e caiu no chão ao lado de August e Federico. O desprazer repuxou-lhe o rosto quando viu o livro. Era a vida de Santa Teresinha do Menino Jesus. Leu a primeira linha da primeira página: "Vou passar meu céu fazendo o bem na Terra." Fechou o livro e passou-o para August.

— Bah — disse. — Não estou com vontade de ler. Acho que vou sair e ver se os garotos estão deslizando de trenó na colina.

Os olhos de Maria permaneceram fechados, mas ela virou os lábios levemente para denotar que ouvira e aprovara o seu plano. Então sacudiu lentamente a cabeça de um lado para outro. Era a sua maneira de dizer-lhe que não ficasse fora de casa até muito tarde.

— Não vou ficar — disse ele.

Quente e ansioso debaixo de seus suéteres justos, ele ora corria, ora caminhava descendo a Walnut Street, passando os trilhos do trem até a rua Doze, onde cortou caminho pelo terreno do posto de gasolina na esquina, cruzou a ponte, deu um pique através do parque, porque as sombras escuras do choupo o assustavam, e, em menos de 10 minutos, estava ofegante sob a marquise do Cine Isis. Como sempre na frente de cinemas de cidadezinhas, um monte de garotos da idade dele zanzava por ali, sem um tostão, esperando mansamente pela benevolência do porteiro que poderia, ou não, dependendo do seu humor, deixá-los entrar de graça depois que o segundo filme da noite já estivesse bem adiantado. Muitas vezes ele mesmo estivera ali, mas esta noite tinha uma moeda de 10 centavos e, com um sorriso afável para os garotos que esperavam, comprou uma entrada e foi em frente com um ar superior.

Desdenhou o vaga-lume fardado que apontava o dedo para ele e encontrou o caminho no meio da escuridão. Primeiro escolheu um assento na última fila. Cinco minutos depois, desceu duas filas. Mais um pouco e se mudou de novo. Pouco a pouco, duas ou três filas de cada vez, se aproximou da tela brilhante, até que chegou à primeira fila e não pôde ir mais adiante. Ficou sentado ali, a garganta apertada, seu pomo de adão se projetando ao olhar obliquamente quase para o teto enquanto Gloria Borden e Robert Powell atuavam em *Amor sobre o Rio*.

Imediatamente caiu sob o encanto daquela droga de celuloide. Tinha certeza de que o próprio rosto exibia uma semelhança impressionante com o de Robert Powell e estava igualmente seguro de que o rosto de Gloria Borden era surpreendentemente parecido com o de Rosa: assim se sentiu em casa, rindo ruidosamente dos comentários espirituosos de Robert Powell e estremecendo com deleite voluptuoso toda vez que Gloria Borden se mostrava apaixonada. Aos poucos Robert Powell perdeu sua identidade e tornou-se Arturo Bandini, e Gloria Borden se metamorfoseou em Rosa Pinelli. Depois do grande desastre de avião, com Rosa deitada na mesa de operação e ninguém menos do que Arturo Bandini fazendo uma delicada operação para salvar-lhe a vida, o menino no assento da frente começou a suar. Pobre Rosa! As lágrimas rolaram por seu rosto e ele assoou o nariz que escorria com uma passada impaciente da manga do suéter pelo rosto.

Mas sabia, tinha um pressentimento constante que o jovem doutor Arturo Bandini realizaria um milagre da medicina, e com toda a certeza foi o que aconteceu! Antes de se dar conta, o jovem médico estava beijando Rosa; era primavera e o mundo estava uma beleza. Subitamente, sem uma palavra de advertência, o filme terminou e Arturo Bandini, fungando e chorando, ficou sentado na primeira fila do Cine Isis, horrivelmente embaraçado e extremamente repugnado com o seu sentimentalismo piegas. Todo mundo no Isis olhava para ele. Tinha certeza disso, uma vez que exibia uma semelhança incrível com Robert Powell.

Os efeitos do encanto entorpecente o deixaram aos poucos. Agora que as luzes estavam acesas e a realidade retornara, olhou ao redor. Ninguém estava sentado a menos de 10 fileiras dele. Olhou por cima do ombro para a massa de rostos pálidos e exangues no centro e nos fundos do cinema. Sentiu um choque elétrico no estômago. Prendeu o fôlego transido de pavor. Naquele pequeno mar opaco, um semblante cintilava como um diamante, os olhos ardentes de beleza. Era o rosto de Rosa! E apenas um momento antes ele a salvara na mesa de operação! Mas era tudo uma miserável mentira. Ele estava aqui, o único ocupante de 10 filas de assentos. Abaixando-se até que o topo de sua cabeça quase desapareceu, sentia-se como um ladrão, um criminoso, enquanto dava mais uma olhada no rosto deslumbrante. Rosa Pinelli! Estava sentada entre a mãe e o pai, dois italianos extremamente gordos com papadas, lá longe quase nos fundos do cinema. Ela não podia vê-lo; tinha certeza de que ela estava longe demais para reconhecê-lo, mas seus próprios olhos venciam a distância entre eles e a via microscopicamente, via os cachos soltos saindo do gorro, as contas negras ao redor do pescoço, o brilho cintilante dos seus dentes. Ela também assistira ao filme! Aqueles olhos negros e sorridentes de Rosa haviam visto tudo. Era possível que tivesse observado a semelhança entre ele e Robert Powell?

Mas não: não havia realmente nenhuma semelhança; não de verdade. Era apenas um filme e ele estava na primeira fila e sentia-se quente e suado debaixo dos suéteres. Receava tocar nos cabelos, receava erguer a mão e ajeitar os cabelos para trás. Sabia que eles cresciam para cima e rebeldes como erva daninha. As pessoas sempre o reconheciam porque seus cabelos nunca estavam penteados e precisavam ser cortados. Talvez Rosa já o tivesse descoberto. Ah... por que não tinha penteado os cabelos? Por que sempre se esquecia de coisas como essa? Afundou-se cada vez mais no assento, movimentando os olhos para ver se os cabelos apareciam acima das costas da cadeira. Cautelosamente, centímetro por centímetro, ergueu a mão para alisar os cabelos. Mas não conseguiu. Tinha medo de que ela visse sua mão.

Quando as luzes apagaram de novo, arfou de alívio. Mas assim que o segundo filme começou ele se deu conta de que teria de sair. Uma vergonha vaga o estrangulava, uma noção dos seus suéteres velhos, de suas roupas, uma lembrança de Rosa rindo dele, um medo de que, a não ser que escapasse agora, podia encontrar-se com ela quando saísse do cinema com os pais. Não suportava a ideia de enfrentá-los. Seus olhos o examinariam; os olhos de Rosa dançariam com riso. Rosa sabia tudo sobre ele, cada pensamento e ação. Rosa sabia que havia roubado uma moeda de 10 centavos da mãe, que necessitava do dinheiro. Olharia para ele e saberia. Tinha de escapar daquilo; ou tinha de sair dali; algo poderia acontecer; as luzes poderiam acender de novo e ela o veria; poderia haver um incêndio; qualquer coisa poderia acontecer; simplesmente precisava se levantar e sair dali. Podia estar numa sala de aula com Rosa, ou nas dependências da escola, mas esse era o Cine Isis e parecia um vagabundo naquelas roupas esmolambadas, diferente de todos os demais, e tinha roubado dinheiro: não tinha o direito de estar ali. Se Rosa o visse, podia ler no seu rosto que havia roubado dinheiro. Só 10 centavos, apenas um pecado venial, mas era um pecado mesmo assim. Levantou-se e avançou pelo corredor em passadas longas, rápidas e silenciosas, o rosto virado para o lado, a mão protegendo o nariz e os olhos. Quando chegou na rua, o imenso frio da noite saltou sobre ele como que o fustigando e começou a correr, o vento em seu rosto o alfinetando, salpicando com pensamentos novos e refrescantes.

Ao chegar ao passeio que conduzia à varanda de casa, a visão de sua mãe em silhueta na janela aliviou-lhe a tensão da alma; sentiu a pele quebrando como uma onda e num jorro de sentimento se punha a chorar, a culpa jorrando de si, inundando-o, arrastando-o para longe. Abriu a porta e se viu em casa, no calor do lar, e era uma sensação profunda e maravilhosa. Seus irmãos tinham ido para a cama, mas Maria não se mexera, e ele sabia que seus olhos não se haviam aberto, os dedos sempre em movimento com uma convicção cega em torno do círculo interminável de contas. Rapaz, ela parecia excelente, sua mãe, parecia tão viva. Oh, Deus, me mate porque sou um cão sujo e ela é uma beleza e eu devia morrer. Oh, Mamma, olhe para mim porque roubei 10 centavos e a senhora continua rezando. Oh, Mamma, me mate com suas mãos.

Caiu de joelhos e agarrou-se a ela com medo, júbilo e culpa. A cadeira de balanço sacudia com seus soluços, as contas chacoalhavam nas mãos dela. Ela abriu os olhos e sorriu para ele, seus dedos finos suavemente passando pelos seus cabelos, dizendo a si mesma que ele precisava cortá-los. Seus soluços a agradaram como carícias, deram-lhe uma sensação de ternura em relação a suas contas, um sentimento de unidade entre contas e soluços.

— Mamma — tenteou ele. — Eu fiz uma coisa.

— Deixa estar — disse ela. — Eu sabia.

Aquilo o surpreendeu. Como podia ela ter sabido? Ele surrupiara aquela moeda com uma perfeição consumada. Enganara ela, August e todo mundo. Enganara a todos.

— A senhora estava rezando e eu não quis aborrecê-la — mentiu. — Não queria interromper bem no meio do rosário.

— Quanto você tirou? — perguntou, sorrindo.

— Dez centavos. Podia ter pegado tudo, mas só tirei 10 centavos.

— Eu sei.

Isso o incomodou.

— Mas *como* a senhora soube? Me viu tirar o dinheiro?

— A água está quente no tanque — disse ela. — Vá tomar seu banho.

Levantou-se e começou a tirar os suéteres.

— Mas como a senhora soube? Viu? Espiou? Pensei que sempre fechava os olhos quando rezava o rosário.

— Por que não devia saber? — ela sorriu. — Você está sempre tirando moedas da minha bolsa. É o único que faz isso. Sei toda vez. Ora, sou capaz de saber pelo som dos seus pés!

Desfez os laços dos sapatos e os chutou. Sua mãe era uma mulher muito esperta afinal. E se da próxima vez ele tirasse os sapatos e entrasse no quarto descalço? Estava pensando seriamente no plano quando entrou nu na cozinha para o seu banho.

Ficou revoltado ao encontrar o chão da cozinha ensopado e frio. Seus dois irmãos tinham feito uma bagunça ali. Suas roupas estavam espalhadas pelo chão e uma das tinas estava cheia de água de sabão acinzentada e pedaços de madeira encharcados: as belonaves de Federico.

Fazia muito frio para um banho naquela noite. Decidiu fingir. Enchendo uma tina, trancou a porta da cozinha, sacou uma cópia de *Scarlet Crime* e instalou-se para ler *Crime a troco de nada* sentado nu sobre o forno ainda quente, seus pés e tornozelos descongelando na tina. Depois de ter lido o que achava ser o tempo normal que levaria para tomar um banho, escondeu *Scarlet Crime* na varanda dos fundos, cautelosamente molhou os cabelos com a palma da mão, esfregou o corpo seco com uma toalha até adquirir um tom rosado selvagem e correu tremendo para a sala de estar. Maria observou-o agachar-se diante da estufa enquanto esfregava a toalha nos cabelos, resmungando o tempo todo seu ódio de tomar banho em pleno inverno. Ao caminhar para a cama, estava contente consigo mesmo diante dessa peça tão magistral de impostura. Maria sorriu. Ao redor do seu pescoço enquanto ele se recolhia, ela viu um colar de sujeira que se destacava como um colarinho preto. Mas não disse nada. Era uma noite realmente fria para tomar banho.

Sozinha agora, apagou as luzes e continuou com suas orações. Ocasionalmente através do sonho ouvia os ruídos da casa. A estufa soluçava e gemia pedindo combustível. Na rua, passou um homem fumando cachimbo. Ela o observou, sabendo que ele não podia vê-la na escuridão. Comparou-o com Bandini; era mais alto, mas não tinha nada da vibração de Svevo em seus passos. Do quarto vinha a voz de Federico falando durante o sono. Então Arturo, resmungando sonolento: "Ora, cale a boca!" Outro homem passou na rua. Era gordo, o vapor saindo aos borbotões de sua boca para o ar frio. Svevo era um homem muito mais bonito do que ele; graças a Deus Svevo não era gordo. Mas isso eram distrações. Era sacrílego permitir que pensamentos errantes interferissem com a oração. Fechou bem os olhos e fez uma verificação mental dos itens a serem levados à consideração da Virgem Santíssima.

Rezou por Svevo Bandini, rezou para que ele não bebesse demais e fosse cair nas mãos da polícia, como fizera certa vez antes do casamento. Rezou para que ficasse longe de Rocco Saccone e para que Rocco Saccone ficasse longe dele. Rezou para que o tempo passasse mais rápido, para que a neve derretesse e a primavera viesse correndo para o Colorado, para que Svevo pudesse voltar ao trabalho. Rezou por um feliz Natal e por dinheiro. Rezou por Arturo, para que deixasse de roubar moedas, e por August, para que pudesse se tornar um padre, e por Federico, para que pudesse ser um bom menino. Rezou para ter roupas para todos eles, dinheiro para o armazém, pelas almas dos mortos, pelas almas dos vivos, pelo mundo, pelos doentes e pelos moribundos, pelos pobres e pelos ricos, por coragem, por força para seguir em frente, por perdão pelos erros que pudesse cometer.

Fez uma longa e fervorosa oração para que a visita de Donna Toscana fosse breve, para que não trouxesse infelicidade demais à casa e para que um dia Svevo Bandini e sua mãe pudessem desfrutar uma relação pacífica. Essa última oração era quase uma causa perdida e sabia disso. Como a própria mãe de Cristo poderia arranjar uma cessação das hostilidades entre Svevo Bandini e Donna Toscana era um problema que só o Céu era capaz de resolver. Sempre lhe embaraçava trazer tal questão à atenção da Virgem Santíssima. Era como pedir o sol ou a lua. Afinal, a Virgem Maria já havia lhe concedido um marido esplêndido, três filhos excelentes, uma boa casa, saúde e fé na misericórdia de Deus. Mas paz entre Svevo e a sogra, bem, havia pedidos que punham à prova até a generosidade do Todo-poderoso e da Santíssima Virgem Maria.

Donna Toscana chegou ao meio-dia de domingo. Maria e as crianças estavam na cozinha. O gemido agoniado da varanda sob o seu peso indicou-lhes que era a vovó. Uma algidez tomou conta da garganta de Maria. Sem bater, Donna abriu a porta e enfiou a cabeça para dentro. Falou só em italiano:

— Ele está aqui... o cachorro dos Abruzos?

Maria veio correndo da cozinha e jogou os braços em volta da mãe. Donna Toscana agora era uma mulher imensa, sempre vestida de preto desde a morte do marido. Debaixo da seda negra havia anáguas, quatro delas, todas em cores vivas. Seus tornozelos intumescidos pareciam papos. Seus pequeninos sapatos pareciam prestes a estourar sob a pressão dos 110 quilos. Não dois, mas uma dúzia de seios pareciam esmagados no seu peito. Era constituída como uma pirâmide, sem quadris. Havia tanta carne em seus braços que eles pendiam não para baixo, mas num ângulo, os dedos inchados bamboleando como salsichas. Não tinha praticamente nenhum pescoço. Quando virava a cabeça, a carne flácida mexia-se com a melancolia de cera derretida. Um escalpo rosado aparecia debaixo dos cabelos brancos ralos. Seu nariz era fino e delicado, mas os olhos eram como uvas pisoteadas. Sempre que falava, os dentes postiços tagarelavam distraidamente numa linguagem toda sua.

Maria pegou o casaco da mãe e Donna ficou no meio da sala, cheirando-a, a gordura ondulando no pescoço gordo enquanto transmitia à filha e aos netos a impressão de que o odor em suas narinas era decididamente desagradável, um odor muito sujo. Os meninos farejaram desconfiados. Subitamente a casa *possuía* um odor que nunca haviam notado antes. August pensou no seu problema dos rins dois anos antes, imaginando se, dois anos depois, aquele odor ainda persistiria.

— Olá, vovó — disse Federico.

— Seus dentes parecem encardidos — disse ela. — Você os escovou esta manhã?

O sorriso de Federico sumiu e as costas de suas mãos cobriram os lábios enquanto baixava os olhos. Apertou a boca e resolveu dar um pulo até o banheiro e olhar no espelho assim que pudesse. Estranho como seus dentes *tinham* gosto de encardidos.

Vovó continuava cheirando.

— O que é este odor malévolo? — perguntou. — Seguramente seu pai não está em casa.

Os meninos entendiam italiano, pois Bandini e Maria frequentemente falavam nessa língua.

— Não, vovó — disse Arturo. — Ele não está em casa.

Donna Toscana remexeu nas dobras dos seios e puxou a bolsa. Abriu-a e tirou uma moeda de 10 centavos nas pontas dos dedos, estendendo-a.

— Vamos ver — sorriu. — Qual dos meus três netos é o mais honesto? Quem responder primeiro vai ganhar este *deci soldi*. Digam-me rapidamente: seu pai está bêbado?

— Ah, *mamma mia* — disse Maria. — Por que pergunta isso?

Sem olhar para ela, vovó respondeu:

— Fique quieta, mulher. Isso é um jogo para as crianças.

Os meninos se entreolharam: estavam em silêncio, ansiosos para trair o pai, mas não ansiosos o bastante. Vovó era tão pão-dura, mas sabiam que a bolsa dela estava cheia de moedas de 10 centavos, cada uma a recompensa por alguma informação sobre papai. Deveriam deixar essa pergunta passar e esperar por outra — não tão desfavorável a papai — ou deveria um deles responder antes dos outros? Não era uma questão de responder a verdade: ainda que papai *não* estivesse bêbado. A única maneira de ganhar os 10 centavos era responder segundo a vontade de vovó.

Maria ficou parada, impotente. Donna Toscana manejava a língua como uma serpente, sempre pronta para atacar na presença das crianças: episódios quase esquecidos da infância e da juventude de Maria, coisas que Maria preferia que os filhos não conhecessem para que a informação não usurpasse a sua dignidade: pequenas coisas que os meninos podiam usar contra ela. Donna Toscana as usara antes. Os meninos sabiam que sua Mamma era burra na escola, pois a avó lhes contara. Sabiam que Mamma brincara de casinha com crianças negras e levara umas vergastadas por causa disso. Que Mamma vomitara no coro de St. Dominic's numa missa solene importante. Que Mamma, como August, fazia pipi na cama, mas, ao contrário de August, era obrigada a lavar as próprias camisolas. Que Mamma fugira de casa e a polícia a trouxera de volta (não fugira *realmente*, só se perdera, mas vovó insistia que ela havia fugido). E sabiam de outras coisas sobre Mamma. Ela se recusara a trabalhar quando garota e ficara trancada horas no porão. Nunca fora e nunca seria uma boa cozinheira. Gritou como uma hiena quando seus filhos nasceram. Era uma tola ou nunca se teria casado com um canalha como Svevo Bandini... e não tinha nenhum amor-próprio, sempre vestida em farrapos. Sabiam que Mamma era fraca e dominada pelo cachorro do seu marido. Que Mamma era uma covarde que devia ter mandado Svevo Bandini para a cadeia muito tempo atrás. Então era melhor Maria não antagonizar a mãe. Melhor lembrar o quarto mandamento, respeitar a mãe para que as crianças, pelo exemplo, a respeitassem.

— Bem — repetiu vovó. — Ele está bêbado?

Um longo silêncio.

— Pode ser que esteja, vovó. Nós não sabemos — disse Federico.

— *Mamma mia* — disse Maria. — Svevo não está bêbado. Ele viajou a serviço. Deve voltar a qualquer momento.

— Escutem só a sua mãe — disse Donna. — Mesmo quando já era grande, nunca apertava a descarga do vaso. E agora quer me dizer que o vagabundo do seu pai não está bêbado! Mas ele está bêbado, não está, Arturo? Rápido... por *deci soldi.*

— Não sei, vovó. Juro.

— Bah — bufou. — Pai estúpido, filhos estúpidos!

Jogou algumas moedas aos seus pés. Lançaram-se sobre elas como selvagens, brigando e rolando no assoalho. Maria observou a massa de braços e pernas que se contorcia. A cabeça de Donna Toscana sacudia miseravelmente.

— E você sorri — disse ela. — Como animais, eles se dilaceram com as garras e a mãe sorri em aprovação. Ah, pobre América, tuas crianças vão arrancar a garganta umas das outras e morrer como bestas sedentas de sangue!

— Mas, *Mamma mia*, são meninos. Não fazem mal a ninguém.

— Ah, pobre América! — disse Donna. — Pobre América sem salvação!

Começou a inspeção da casa. Maria tinha se preparado para isso: tapetes e assoalhos varridos, mobílias espanadas, fogão e estufa polidos. Mas uma flanela não remove manchas de goteira no teto; uma vassoura não esconde pedaços puídos de um tapete; sabão e água não eliminam a onipresença das marcas das crianças: as manchas escuras ao redor das maçanetas, aqui e ali uma mancha de graxa que brotou de repente; um nome de criança rabiscado na parede; desenhos a esmo do jogo da velha que sempre terminava com um vencedor; marcas de dedos na parte inferior das portas, figuras de folhinha que amanheciam com bigodes; um sapato que Maria guardara no armário nem 10 minutos antes; uma meia; uma toalha; uma fatia de pão com geleia na cadeira de balanço.

Durante horas Maria trabalhara e avisara — e essa era a sua recompensa. Donna Toscana caminhou de quarto em quarto, seu rosto uma crosta de consternação. Viu o quarto dos meninos: a cama muito bem-arrumada, uma colcha azul cheirando a naftalina ordeiramente completando a cena; notou as cortinas recém-passadas, o espelho reluzente sobre a penteadeira, o tapete de retalhos ao lado da cama tão precisamente em ordem, tudo tão monasticamente impessoal, e sob a cadeira no canto — uma cueca suja de Arturo, jogadas ali, e espalhadas como partes de um corpo de menino serrado ao meio.

A velha senhora ergueu as mãos e lamentou-se:

— Ah, mulher! Ah, América!

— Ora, como foi que isto veio parar aqui? — disse Maria. — Os meninos são sempre tão cuidadosos.

Apanhou a peça de roupa e enfiou-a apressadamente debaixo do avental, os olhos de Donna Toscana frios sobre ela durante todo um minuto depois que a cueca desapareceu.

— Mulher desgraçada. Mulher desprotegida e desgraçada.

Toda a tarde foi o mesmo, o cinismo incansável de Donna Toscana exaurindo-a. Os meninos tinham zarpado com suas moedas para a loja de doces. Quando não voltaram depois de uma hora, Donna lamentou a fraqueza da autoridade de Maria. Quando voltaram, o rosto de Federico manchado de chocolate, ela uivou de novo. Depois de uma hora da volta dos meninos, ela reclamou que eles eram muito barulhentos, e então Maria os despachou para fora. Quando se foram, ela profetizou que provavelmente morreriam de gripe lá fora na neve. Maria preparou o chá. Donna estalou a língua e concluiu que estava muito fraco. Pacientemente, Maria olhou para o relógio em cima do fogão. Em duas horas, às sete, sua mãe iria embora. O tempo tinha parado e manquejava e se arrastava em agonia.

— Parece que não está bem — disse Donna. — Por que está tão pálida?

Com uma das mãos, Maria alisou os cabelos.

— Estou me sentindo muito bem — disse ela. — Todos estamos bem.

— Onde está ele — disse Donna. — Aquele vagabundo?

— Svevo está trabalhando, *Mamma mia*. Está arranjando um novo trabalho.

— No domingo? — zombou. — Como sabe que não está com uma *puttana*?

— Por que diz essas coisas? Svevo não é esse tipo de homem.

— O homem com quem se casou é um brutamontes. Mas se casou com uma mulher estúpida e por isso acho que nunca vai ser apanhado. Ah, América! Só nesta terra corrupta tais coisas podem acontecer.

Enquanto Maria preparava o jantar, ela ficou sentada com os cotovelos na mesa, o queixo apoiado nas mãos. O cardápio era espaguete e almôndegas. Ela fez Maria arear o caldeirão de espaguete com sabão e água. Organizou a caixa comprida de espaguete que lhe foi trazida e a examinou cuidadosamente em busca de indícios de camundongos. Não havia geladeira na casa, a carne era guardada numa prateleira na varanda dos fundos. Era chã moída para almôndegas.

— Traga a carne — disse Donna.

Maria colocou-a diante dela. Ela provou com a ponta do dedo.

— É o que eu pensava — franziu a testa. — Está estragada.

— Mas é impossível! — disse Maria. — Comprei na noite passada.

— Um açougueiro sempre vai enganar uma trouxa — disse.

O jantar atrasou em meia hora porque Donna insistiu para que Maria lavasse e secasse os pratos já limpos. Os meninos chegaram, morrendo de fome. Ela mandou que fossem lavar as mãos e o rosto, colocassem camisas limpas e gravatas. Eles grunhiram, e Arturo resmungou "A velha puta" enquanto apertava o odiento nó da gravata. Quando estava tudo pronto, o jantar tinha esfriado. Os meninos comeram de qualquer maneira. A velha senhora comeu com indiferença, uns poucos espaguetes à sua frente. Até esses poucos a desagradaram e ela empurrou o prato para longe.

— O jantar foi mal preparado — disse. — Esse espaguete tem gosto de esterco.

Federico riu.

— Mas até que está bom.

— Quer mais alguma coisa, *Mamma mia*?

— Não!

Depois do jantar, ela mandou Arturo ao posto de gasolina para telefonar chamando um táxi. E então partiu, discutindo com o chofer do táxi, tentando barganhar a corrida até a rodoviária de 25 para 20. Depois que se foi Arturo enfiou um travesseiro na camisa, enrolou-se num avental e saiu gingando como um pato pela casa, farejando com desdém. Mas ninguém riu. Ninguém estava ligando.

Capítulo quatro

Nada de Bandini, nada de dinheiro, nada de comida. Se Bandini estivesse em casa, ele diria: "Ponha na conta."

Segunda-feira à tarde e ainda nada de Bandini, e aquela conta do armazém! Maria nunca podia esquecê-la. Como um fantasma incansável enchia de pavor os dias de inverno.

Ao lado da casa dos Bandini ficava o armazém do sr. Craik. No começo ele conseguia manter as contas pagas. Mas à medida que as crianças cresciam e sentiam mais fome, ano ruim seguindo ano ruim, a conta do armazém disparou para cifras absurdas. Todo ano, desde o seu casamento, as coisas pioravam para Svevo Bandini. Dinheiro! Depois de 15 anos de casamento, Bandini tinha tantas contas que até Federico sabia que ele não tinha intenção nem chance de pagá-las.

Mas a conta do armazém o incomodava. Devendo ao sr. Craik 100 dólares, ele pagava 50 — se tivesse. Devendo 200, pagava 75 — se tivesse. Era assim com todas as dívidas de Svevo Bandini. Não havia mistério sobre elas. Não havia motivos ocultos, nem desejo de trapacear quando não pagava. Nenhum orçamento podia solvê-las. Nenhuma economia planejada podia alterá-las. Era muito simples: a família Bandini gastava mais dinheiro do que ele ganhava. Sabia que sua única escapatória estaria num golpe de sorte. Sua suposição incansável de que tal sorte estava por chegar impedia sua deserção completa e o impedia também de estourar os miolos. Constantemente ameaçava as duas coisas, mas não fazia nenhuma. Maria não sabia como ameaçar. Não era da sua natureza.

Mas o sr. Craik, o dono do armazém, se queixava sem cessar. Nunca chegou a confiar em Bandini. Se a família Bandini não morasse na casa ao lado do armazém, onde podia ficar de olho nela, e se não achasse que acabaria recebendo pelo menos a maior parte do dinheiro que lhe devia, ele não teria dado mais crédito. Simpatizava com Maria e tinha pena dela, aquela pena fria que os pequenos negociantes demonstram ter para com os pobres como classe, e com aquela apatia frígida e defensiva em relação aos membros individuais dessa classe. Cristo, ele tinha contas a pagar também.

Agora que a conta de Bandini estava tão alta — e ela subia aos saltos ao longo de cada inverno —, ele abusava de Maria e até a insultava. Sabia que era honesta a ponto de uma inocência infantil, mas isso não parecia relevante quando ela ia ao armazém para aumentar a conta. Como se fosse dona do local! Ele estava ali para vender secos e molhados, não para doá-los. Lidava com mercadorias, não com sentimentos. Deviam-lhe dinheiro. Concedia a ela crédito adicional. Suas cobranças eram em vão. A única coisa a fazer era ficar atrás dela até receber. Naquelas circunstâncias, sua atitude era a melhor que podia adotar.

Maria tinha de se imbuir de uma audácia inspirada para encará-lo todo dia. Bandini não prestava nenhuma atenção à sua mortificação nas mãos do sr. Craik.

— Ponha na conta, sr. Craik. Ponha na conta.

A tarde toda e até uma hora antes do jantar Maria andava pela casa, aguardando aquela inspiração desesperada tão necessária para uma incursão ao armazém. Ia à janela e ficava sentada com as mãos nos bolsos do avental, empunhando o rosário —

esperando. Fizera aquilo antes, apenas dois dias atrás, sábado, e no dia anterior, todos os dias antes daquele, primavera, verão, inverno, entra ano, sai ano. Mas agora sua coragem adormecera por excesso de uso e não queria mais despertar. Não podia voltar àquele armazém, encarar aquele homem.

Da janela, através do pálido anoitecer de inverno, viu Arturo do outro lado da rua com um bando de garotos da vizinhança. Estavam empenhados num combate de bolas de neve no terreno baldio. Abriu a porta.

— Arturo!

Chamou-o porque era o mais velho. Ele a viu de pé na porta. Era uma escuridão branca. Sombras profundas rastejavam rápidas pela neve leitosa. As lâmpadas da rua ardiam friamente, um brilho frio numa névoa ainda mais fria. Um automóvel passou, as rodas tinindo lugubremente.

— Arturo!

Sabia o que ela queria. Aborrecido, cerrou os dentes. Sabia que ela queria que fosse ao armazém. Era uma covarde, simplesmente uma covarde, passando a responsabilidade para ele, com medo de Craik. Sua voz tinha aquele tremor peculiar que vinha quando chegava a hora de ir ao armazém. Tentou se safar fingindo que não a ouvira, mas ela continuou chamando, até que ele estava prestes a gritar e o restante dos garotos, hipnotizados por aquele tremor na voz dela, parou de lançar bolas de neve e olhou para ele, como que implorando que fizesse algo.

Jogou mais uma bola de neve, viu-a salpicar, e então arrastou-se pela neve e atravessou o pavimento gelado. Agora podia vê-la bem. Seus maxilares tremiam do frio crepuscular. Estava parada, com os braços apertando o corpo magro, batendo os dedos dos pés para mantê-los aquecidos.

— O que quer? — disse.

— Está frio — disse ela. — Entre que eu lhe digo.

— O que *é*, mãe? Estou com pressa.

— Quero que vá ao armazém.

— Ao armazém? Não! Sei por que quer que eu vá... porque tem medo da conta. Pois bem, eu não vou. Nunca.

— Por favor, vá — disse ela. — É grande o bastante para entender. Sabe como o sr. Craik é.

Claro que ele sabia. Odiava Craik, aquele canalha, sempre lhe perguntando se seu pai estava bêbado ou sóbrio, e o que o seu pai fazia com o dinheiro, e como é que vocês, carcamanos, vivem sem um centavo, e por que o seu velho nunca fica em casa à noite, o que é que ele tem... uma mulher por fora, sugando o dinheiro dele? Conhecia o sr. Craik e o odiava.

— Por que August não pode ir? — falou. — Com os diabos, eu faço todo o trabalho aqui. Quem apanha o carvão e a lenha? Sou eu. Sempre. Mande August ir.

— Mas August não quer. Ele tem medo.

— Tolice. Aquele covarde. Medo do quê? Bem, eu é que não vou.

Virou-se e caminhou de volta aos garotos. O combate de bolas de neve recomeçou. No lado oposto estava Bobby Craik, o filho do dono do armazém. Vou acertar em você, seu cão. Na varanda, Maria chamou de novo. Arturo não respondeu. Berrou para que a voz dela fosse abafada. Agora estava escuro e as janelas do sr. Craik brilhavam na noite. Arturo soltou com um chute uma pedra da terra gelada e a amoldou numa bola de neve. O garoto Craik estava a uns 15 metros, atrás de uma árvore. Jogou a pedra com um frenesi que retesou todo o seu corpo, mas errou — por uma margem de uns 15 centímetros.

O sr. Craik cortava um osso com o cutelo de açougueiro quando Maria entrou. Quando a porta guinchou, ergueu os olhos e a viu — uma figura pequena insignificante num velho casaco preto com uma lapela de pele alta, a maior parte da pele caída exibindo manchas brancas na massa negra. Um chapéu marrom cansado cobria-lhe a testa — o rosto de uma criancinha muito velha escondendo-se debaixo dele. O brilho desbotado das meias de *rayon* dava-lhes um tom castanho-amarelado, acentuando os pequenos ossos e a pele branca debaixo deles e fazendo seus sapatos parecerem ainda mais úmidos e antigos. Ela caminhava como uma criança, temerosa, na ponta dos pés, apavorada, naquele local familiar em que invariavelmente fazia suas compras, afastando-se o mais que podia do cepo do sr. Craik, onde o balcão encontrava a parede.

Nos primeiros anos, costumava cumprimentá-lo. Mas agora achava que talvez não devesse mostrar tal familiaridade, e ficou quieta no seu canto até que ele estivesse pronto para atendê-la.

Vendo quem era, ele não prestou atenção e ela tentou ser uma espectadora interessada e sorridente enquanto ele manipulava o cutelo. Era de altura média, parcialmente calvo, usando óculos de celuloide — um homem de 45 anos. Um lápis grosso aninhava-se atrás de uma orelha e um cigarro atrás da outra. Seu avental branco descia até o alto dos sapatos, um cordão azul de açougueiro enrolado muitas vezes na cintura. Estava cortando um osso dentro de uma alcatra vermelha e suculenta.

— Está bonita, não? — disse ela.

Ele virou o bife de um lado para outro, puxou um quadrado de papel do rolo, estendeu-o no prato da balança e jogou o bife em cima. Seus dedos rápidos e macios embrulharam o bife com eficiência. Ela estimou que aquilo valia em torno de 2 dólares e imaginou quem teria comprado a peça — possivelmente uma das freguesas americanas ricas do sr. Craik, moradoras de University Hill.

O sr. Craik jogou o restante da alcatra no ombro e desapareceu no frigorífico, fechando a porta atrás de si. Parece ter ficado um longo tempo lá dentro. Então emergiu, demonstrou surpresa ao vê-la ali e fechou a porta do frigorífico, trancando-a com o cadeado para a noite, e desapareceu na sala dos fundos.

Ela supôs que tivesse ido ao banheiro lavar as mãos, e aquilo a fez pensar que estava sem desinfetante, e então, de repente, tudo o que precisava para a casa invadiu-lhe a memória e uma fraqueza como um desmaio a assolou enquanto quantidades de sabão, margarina, carne, batatas e muitas outras coisas pareciam soterrá-la numa avalanche.

Craik reapareceu com uma vassoura e começou a varrer a serragem em volta do cepo. Ela ergueu os olhos para o relógio: 10 minutos para as seis. Pobre sr. Craik! Parecia cansado. Era como todos os homens, provavelmente estava ávido por uma refeição quente.

O sr. Craik acabou de varrer e parou para acender um cigarro. Svevo só fumava charutos, mas todos os homens americanos fumavam cigarros. O sr. Craik olhou para ela, exalou e continuou a varrer.

— Está fazendo muito frio — disse ela.

Mas ele tossiu e ela imaginou que não tivesse ouvido, pois desapareceu na sala dos fundos e voltou com uma pá de lixo e uma caixa de papelão. Suspirando enquanto se abaixava, varreu a serragem na pá e colocou-a na caixa de papelão.

— Não gosto desse tempo frio — disse ela. — Estamos esperando a primavera, especialmente Svevo.

Ele tossiu de novo, e antes que ela se desse conta, saiu carregando a caixa para os fundos da loja. Ela ouviu o barulho de água corrente. Ele voltou, secando as mãos no avental, aquele belo avental branco. Na caixa registradora, com bastante ruído, apertou o botão FECHADO. Ela mudou de posição, passando o peso de um pé para outro. O grande relógio seguia com o seu tique-taque. Um daqueles relógios elétricos com as batidas estranhas. Agora eram exatamente seis horas.

O sr. Craik tirou as moedas das gavetas da caixa e espalhou-as no balcão. Arrancou um pedaço de papel do rolo e pegou o lápis. Debruçou-se então e contou a receita do dia. Era possível que não tivesse noção da sua presença no armazém? Seguramente a vira entrar e ficar ali parada! Molhou o lápis na ponta da língua rosada e começou a somar as cifras. Ela ergueu as sobrancelhas e andou até a vitrina da frente para olhar as frutas e os legumes. Laranjas, 60 centavos a dúzia. Aspargos, 30 centavos o quilo. Oh, céus, oh, céus. Maçãs, um quilo por 25 centavos.

— Morangos! — falou. — E no inverno também! São morangos da Califórnia, sr. Craik?

Ele varreu as moedas para dentro de um saco de banco e foi até o cofre, onde se agachou e dedilhou a fechadura de combinação. O grande relógio tiquetaqueava. Passavam 10 minutos das seis quando fechou o cofre. Imediatamente, desapareceu nos fundos da loja de novo.

Agora ela não o encarava mais. Envergonhada, exausta, seus pés haviam se cansado e com as mãos cruzadas sobre o colo sentou-se numa caixa vazia e olhou para as vitrinas congeladas. O sr. Craik tirou o avental e jogou-o sobre o cepo. Tirou o cigarro dos lábios, deixou-o cair no chão e o esmagou deliberadamente. Voltou então à sala dos fundos, de onde veio com o casaco. Ao endireitar a lapela, falou com ela pela primeira vez:

— Vamos, sra. Bandini. Meu Deus, não posso ficar aqui a noite toda.

Ao som de sua voz, ela perdeu o equilíbrio. Sorriu para esconder o embaraço, mas seu rosto estava roxo e seus olhos baixaram. Suas mãos se agitaram sobre a garganta.

— Oh! — disse. — Eu estava... aguardando o senhor!

— O que vai ser, sra. Bandini... bife de lombo?

Ficou parada no canto e franziu os lábios. Seu coração batia tão rápido que não podia pensar em nada para dizer agora.

— Acho que eu quero... — falou.

— Vamos, sra. Bandini. Meu Deus, está aqui há quase meia hora e ainda não se decidiu.

— Eu pensei...

— Quer bife de lombo?

— Quanto está o bife de lombo, sr. Craik?

— O mesmo preço. Meu Deus, sra. Bandini. Vem comprando há anos. O mesmo preço. O mesmo preço de sempre.

— Vou levar 50 centavos.

— Por que não me falou antes? — disse ele. — Lá fui eu e guardei toda aquela carne na geladeira.

— Oh, desculpe-me, sr. Craik.

— Vou apanhar dessa vez. Mas da próxima, sra. Bandini, se quiser negócio aqui, venha cedo. Meu Deus, preciso ir para casa ainda esta noite.

Tirou uma peça de lombo e começou a afiar a faca.

— Diga-me — falou. — O que Svevo anda fazendo?

Nos 15 anos em que Bandini e o sr. Craik se conheciam, o dono do armazém sempre se referia a ele pelo primeiro nome. Maria sempre achou que Craik tinha medo do seu marido. Era uma crença que secretamente a deixava muito orgulhosa. Agora falavam de Bandini e ela lhe contou de novo a monótona história dos infortúnios de um pedreiro nos invernos do Colorado.

— Vi Svevo a noite passada — disse Craik. — Eu o vi perto da casa de Effie Hildegarde. Conhece?

Não... ela não a conhecia.

— Melhor vigiar Svevo — disse ele com um humor insinuante. — Melhor ficar de olho nele. Effie Hildegarde tem muita grana.

— É viúva também — disse Craik, estudando a balança. — É dona da companhia de bondes.

Maria observou o rosto dele atentamente. Embrulhou a carne, e a despejou diante dela no balcão.

— É dona de muitas propriedades nesta cidade também. Uma mulher bonita, sra. Bandini.

Propriedades? Maria suspirou aliviada.

— Oh, Svevo conhece muita gente com propriedades. Provavelmente está combinando algum trabalho com ela.

Estava roendo a unha quando o sr. Craik falou de novo:

— O que mais, sra. Bandini?

Ela pediu o restante: farinha, batatas, sabão, margarina, açúcar.

— Quase esqueci! — disse. — Quero umas frutas também, meia dúzia dessas maçãs. As crianças adoram fruta.

O sr. Craik xingou baixinho enquanto abria um saco de papel e derrubava nele as maçãs. Não aprovava frutas na conta dos Bandini: não podia ver motivo para pessoas pobres se entregarem ao luxo. Carne e farinha — sim. Mas por que deviam comer fruta quando lhe deviam tanto dinheiro?

— Bom Deus — disse ele. — Esse negócio de conta tem de parar, sra. Bandini! Eu lhe digo que não pode continuar assim. Não recebo um centavo dessa conta desde setembro.

— Vou falar com ele! — disse ela, recuando. — Vou falar com ele, sr. Craik.

— Ah! Até parece que isso resolve!

Ela juntou os pacotes.

— Vou falar com ele, sr. Craik. Vou falar com ele esta noite.

Que alívio pisar na rua! Como estava cansada. Seu corpo doía. Mas sorria ao respirar o ar frio da noite, abraçando os pacotes amorosamente, como se fossem a própria vida.

O sr. Craik estava enganado. Svevo Bandini era um homem de família. E por que não deveria falar com uma mulher que possuía propriedades?

CAPÍTULO CINCO

Arturo Bandini estava bastante seguro de que não iria para o inferno quando morresse. A maneira de ir para o inferno era cometer um pecado mortal. Ele havia cometido muitos, acreditava, mas o confessionário o salvara. A confissão sempre chegava a tempo... isto é, antes de morrer. E batia na madeira sempre que pensava naquilo — sempre chegaria a tempo... antes de morrer. Por isso Arturo estava bastante seguro de que não iria para o inferno quando morresse. Por duas razões. O confessionário e o fato de que era um corredor veloz.

Mas o purgatório, aquele lugar a meio caminho entre o inferno e o céu, o perturbava. Em termos explícitos, o catecismo definia os requisitos para o céu: uma alma tinha de estar absolutamente limpa, sem a menor mácula de pecado. Se a alma na hora da morte não estivesse suficientemente limpa para o céu, restava aquela região intermediária, aquele purgatório onde a alma queimava e queimava até que fosse purgada de suas máculas.

No purgatório havia uma consolação: cedo ou tarde você era candidato certo ao céu. Mas, quando Arturo percebeu que sua estada no purgatório poderia durar 70 milhões, trilhões e bilhões de anos, queimando, queimando e queimando, havia o pequeno consolo em chegar finalmente ao céu. Afinal, 100 anos era muito tempo. E 150 milhões de anos era incrível.

Não: Arturo estava seguro de que nunca iria direto para o céu. Por mais que receasse a perspectiva, sabia que estava destinado a uma longa estada no purgatório. Mas não havia nada que um homem pudesse fazer para diminuir a prova de fogo do purgatório? No catecismo, encontrou a resposta para esse problema.

O jeito de encurtar a terrível passagem pelo purgatório, afirmava o catecismo, era através de boas ações, de orações, de jejum e abstinência e pelo acúmulo de indulgências. Boas ações estavam fora de cogitação, no seu caso. Nunca visitara doentes porque não conhecia tais pessoas. Nunca cobrira de roupas os nus porque nunca vira nenhuma pessoa nua. Nunca enterrara os mortos porque havia coveiros para isso. Nunca dera esmolas aos pobres porque não tinha nada para dar; além do mais, "esmola" sempre soava para ele como um pão, e onde conseguiria pães? Nunca socorrera os feridos porque — bem, não sabia — parecia algo que as pessoas faziam em cidades costeiras, partindo para o resgate de marinheiros feridos em naufrágios. Nunca instruíra os ignorantes porque, afinal, ele mesmo era ignorante, caso contrário não seria forçado a frequentar essa escola nojenta. Nunca iluminara a escuridão porque era uma tarefa dura que jamais entendeu. Nunca consolara os aflitos porque parecia perigoso e não conhecia nenhum, de qualquer maneira: na maioria dos casos de sarampo e de varíola havia cartazes de quarentena nas portas.

Quanto aos Dez Mandamentos, desobedecia praticamente a todos e, no entanto, estava seguro de que nem todas essas infrações eram pecado mortal. Às vezes levava um pé de coelho, o que era uma superstição, e portanto um pecado contra o primeiro mandamento. Mas seria pecado mortal? Aquilo sempre o incomodava. Um pecado mortal era uma ofensa séria. Um pecado venial era uma ofensa leve. Às vezes, jogando beisebol, cruzava bastões com um companheiro de equipe: isso era tido como um meio seguro de completar um lance de segunda base. E, no entanto, sabia que era superstição. Era um pecado? Era um pecado mortal ou venial? Certo domingo ele faltou deliberadamente à missa para ouvir a transmissão pelo rádio do campeonato nacional e particularmente para acompanhar o seu deus, Jimmy Foxx dos Athletics. Caminhando para casa depois do jogo, subitamente lhe ocorreu que transgredira o primeiro mandamento: Amarás a Deus sobre todas as coisas. Bem, cometera um pecado mortal faltando à missa, mas era outro pecado mortal preferir Jimmy Foxx ao Deus Todo-poderoso durante o campeonato nacional? Fora à confissão e lá a questão se complicou ainda mais. Padre Andrew dissera:

— Se você acha que é um pecado mortal, meu filho, então é um pecado mortal.

Com os diabos. Primeiro, ele achara que seria apenas um pecado venial, mas teve de admitir que, depois de pensar na infração durante três dias antes da confissão, havia de fato se tornado um pecado mortal.

O terceiro mandamento. Não adiantava sequer pensar naquilo, pois Arturo dizia "que se dane" uma média de quatro vezes ao dia. Nem levava em conta as variações: dane-se isto, ou dane-se aquilo. E assim, indo à confissão toda semana, era forçado a fazer amplas generalizações depois de um inútil exame de consciência em busca de exatidão. O melhor a fazer era confessar ao padre: "Usei o nome do Senhor em vão por volta de 68 ou 70 vezes." Sessenta e oito pecados mortais em uma semana, apenas do segundo mandamento. Puxa! Às vezes, ajoelhado na igreja fria, esperando a confissão, ouvia alarmado a batida do seu coração, pensando que poderia parar e ele cair morto antes de arrancar aquelas coisas do peito. Aquilo o exasperava, aquele bater descontrolado do seu coração. Obrigava-o a não correr, mas geralmente caminhar, e muito lentamente, até o confessionário, para não sobrecarregar o órgão e cair na rua.

"Honrar pai e mãe." Claro que honrava pai e mãe! Claro. Mas havia uma armadilha aí: o catecismo dizia que qualquer desobediência a pai e mãe era desonra. Uma vez mais estava sem sorte. Pois, embora honrasse de fato pai e mãe, raramente era obediente. Pecados veniais? Pecados mortais? As classificações o incomodavam. O número de pecados contra aquele mandamento o exauria; ele os contava às centenas ao examinar suas horas do dia, hora por hora. Finalmente chegou à conclusão de que eram apenas pecados veniais, não sérios o suficiente para merecer o inferno. Mesmo assim, foi muito cuidadoso e não analisou de pronto sua conclusão.

Nunca matara um homem e por muito tempo ficou seguro de que nunca pecaria contra o quinto mandamento. Mas um dia a aula de catecismo teve como objeto de estudo o quinto mandamento e ele descobriu, para seu desgosto, que era praticamente impossível evitar pecados contra esse mandamento. Matar um homem não era a única coisa: os efeitos colaterais do mandamento incluíam crueldade, ferimento, briga e todas as formas de maldade contra homem, pássaro, besta e insetos também.

Boa noite, e de que adiantava? Ele gostava de matar moscas-varejeiras. Experimentava grande prazer em matar ratos almiscarados e passarinhos. Adorava brigar. Odiava aquelas galinhas. Tivera vários cachorros na vida e fora duro e frequentemente grosseiro com eles. E que dizer das marmotas que matara, dos pombos, dos faisões e das lebres? Bem, a única coisa a fazer era tirar o melhor partido daquilo. Pior, era pecado sequer pensar em matar ou machucar um ser humano. Aquilo selava a sua perdição. Por mais que tentasse, não podia resistir à manifestação do desejo de morte violenta contra certas pessoas: irmã Mary Corta, Craik, o dono do armazém, e os calouros da universidade, que batiam nos garotos com bastões e os impediam de entrar sorrateiramente nos jogos importantes no estádio.

Percebeu que, se não chegava a ser um assassino de verdade, era o equivalente aos olhos de Deus.

Um pecado contra o quinto mandamento que sempre agitava sua consciência foi um incidente no verão anterior, quando ele e Paulie Hood, outro menino católico, capturaram um rato vivo e o pregaram com tachas numa pequena cruz e o fincaram num formigueiro. Foi uma coisa grotesca e horrenda que ele nunca esquecera. Mas a parte terrível foi que fizeram essa maldade na Sexta-Feira Santa e logo depois de recitarem a via-sacra! Confessou aquele pecado envergonhado, chorando ao contá-lo, em verdadeira contrição, mas sabia que havia acumulado muitos anos no purgatório e passaram-se seis meses antes que ousasse sequer matar outro rato.

Não cometerás adultério; não pensarás em Rosa Pinelli, Joan Crawford, Norma Shearer e Clara Bow. Oh, céus, oh, Rosa, oh, os pecados, os pecados, os pecados. Começou quando tinha 4 anos, nenhum pecado porque era ignorante. Começou quando se sentou numa rede um dia aos 4 anos, balançando de um lado para outro, e no dia seguinte voltou à rede entre a ameixeira e a macieira no quintal, balançando de um lado para outro.

O que sabia ele de adultério, pensamentos maliciosos, más ações? Nada. Foi divertido na rede. Então aprendeu a ler e a primeira entre as muitas coisas que leu foram os Dez Mandamentos. Quando tinha 8 anos, fez sua primeira confissão, e aos 9 teve de estudar a fundo os mandamentos e descobrir o que significavam.

Adultério. Não falavam sobre isso na aula de catecismo da quarta série. Irmã Mary Anna passava por cima e ficava a maior parte do tempo em honrarás pai e mãe e não roubarás. E assim, por vagas razões que nunca pôde entender, o adultério para ele sempre tinha algo a ver com assalto a banco. Do seu oitavo ao décimo ano, examinando a consciência diante da confissão, ele passava por cima do “não cometerás adultério” porque nunca roubara um banco.

O homem que lhe contou sobre adultério não foi o padre Andrew, nem foi uma das freiras, mas Art Montgomery, do posto de gasolina Standard, na esquina de Arapahoe com Doze. A partir daquele dia, seu sexo era como mil marimbondos zangados zumbindo num vespeiro. As freiras nunca falavam de adultério. Só falavam de pensamentos malignos, palavras malignas, ações malignas. Aquele catecismo! Cada segredo do seu coração, cada deleite oculto em sua mente já era conhecido por aquele catecismo. Não conseguia enganá-lo, por mais cautelosamente que caminhasse entre as pontas de alfinetes do seu código. Não podia ir mais ao cinema porque só ia ao cinema para ver as formas das suas heroínas. Gostava de filmes de "amor". Gostava de seguir garotas subindo escadas. Gostava de braços, pernas, mãos, pés de garotas, de seus sapatos e de suas meias e vestidos, do seu cheiro e da sua presença. Depois do seu décimo segundo ano, as únicas coisas na vida que importavam eram beisebol e garotas, só que ele as chamava de mulheres. Gostava do som da palavra. Mulheres, mulheres, mulheres. Pronunciava-a repetidas vezes porque era uma sensação secreta. Até mesmo na missa, quando havia 50 ou 100 delas ao redor, se deleitava no segredo dos seus prazeres.

E era tudo pecado — a coisa toda tinha a sensação pegajosa do mal. Até o som de algumas palavras era pecado. Colo. Auréola. Mamilo. Tudo pecado. Carnal. A carne. Escarlate. Lábios. Tudo pecado. Quando recitava a ave-maria. Ave Maria, cheia de graça, o Senhor é convosco e bendita sois vós entre as mulheres, e bendito é o fruto do vosso ventre. A palavra o atingia como trovão. Fruto do vosso ventre. Outro pecado nascia.

Toda semana cambaleava para dentro da igreja numa tarde de sábado, assoberbado pelos pecados do adultério. O medo o empurrava para lá, medo de que morresse e então vivesse para sempre em tortura eterna. Não ousava mentir para o seu confessor. O medo arrancava seus pecados pela raiz. Confessava tudo rápido, esguichando a sua sujeira, tremendo para se tornar puro. Cometi uma má ação, quero dizer, duas más ações, e pensei nas pernas de uma garota e em tocar num lugar proibido dela e fui ao cinema e tive maus pensamentos e enquanto caminhava uma garota saía de um carro e foi ruim e ouvi uma anedota suja e ri e com um bando de garotos fiquei vendo um casal de cachorros e eu disse algo ruim, foi minha culpa, eles não disseram nada, eu disse, fui eu, eu os fiz rir com uma ideia maligna e arranquei uma foto de uma revista e ela estava nua e eu sabia que era uma coisa má, mas arranquei mesmo assim. Tive um pensamento mau em relação à irmã Mary Agnes; era mau, mas continuei pensando. Também tive maus pensamentos em relação a umas garotas que estavam deitadas na grama e uma delas tinha o vestido levantado e fiquei olhando e sabendo que era uma coisa má. Mas me arrependo. Foi minha culpa, tudo minha culpa, e eu me arrependo, me arrependo.

Deixava o confessionário e rezava sua penitência, os dentes cerrados, os punhos apertados, o pescoço rígido, prometendo de corpo e alma ficar imaculado para sempre. Uma suavidade tomava conta dele finalmente, uma calmaria reconfortante, uma brisa refrescante, uma carícia adorável. Saía da igreja num sonho e num sonho caminhava, e se ninguém estivesse olhando, beijava uma árvore, comia uma folha de capim, lançava beijos para o céu, tocava as pedras frias do muro da igreja com dedos mágicos como se fossem a paz no seu coração, igual a nada, exceto um chocolate maltado, um lançamento de terceira base, uma vidraça brilhante a ser quebrada, a hipnose daquele momento que vem antes do sono.

Não, não iria para o inferno quando morresse. Corria rápido, sempre chegava a tempo à confissão. Mas o purgatório o aguardava. Não era para ele a rota direta e pura da felicidade eterna. Chegaria lá pelo caminho difícil, pelo desvio. Essa era uma das razões por que Arturo era coroinha. Alguma piedade na Terra deveria diminuir o período no purgatório.

Era coroinha por duas outras razões. Em primeiro lugar, apesar de seus incessantes uivos de protesto, sua mãe insistia para que fosse. Em segundo lugar, em toda temporada de Natal as garotas da Sociedade do Santo Nome homenageavam os coroinhas com um banquete.

Rosa, eu te amo.

Ela estava no auditório com as garotas do Santo Nome, decorando a árvore para o Banquete dos Coroinhas. Observou da porta, os olhos em festa sobre aquele triunfo adorável na ponta dos pés. Rosa: papel laminado e barras de chocolate, o cheiro de uma bola nova de futebol, traves de gol com bandeirolas, um conjunto de bases de beisebol. Sou italiano também, Rosa. Olhe, meus olhos são como os seus. Rosa, eu te amo.

Irmã Mary Ethelbert passou.

— Venha, venha, Arturo. Não fique aí vadiando.

Estava encarregada dos coroinhas. Ele seguiu suas roupas ondulantes até o "pequeno auditório" onde cerca de 70 meninos que integravam o corpo discente masculino a aguardavam. Subiu à tribuna e bateu palmas pedindo silêncio.

— Muito bem, rapazes, assumam seus lugares.

Alinharam-se, 35 duplas. Os meninos menores estavam na frente, os mais altos na retaguarda. O parceiro de Arturo era Wally O'Brien, o garoto que vendia os *Denver Post* diante do First National Bank. Estavam no vigésimo quinto lugar a partir da frente, no décimo a partir da traseira. Arturo detestava esse fato. Durante oito anos ele e Wally tinham sido parceiros, desde o jardim de infância. Cada ano ficavam mais para trás e, no entanto, nunca progrediram, nunca cresceram o bastante para chegar às três últimas filas onde ficavam os grandalhões, de onde vinham as piadas. E aí estava, seu último ano nessa escola miserável e ainda eram cercados por um bando de fedelhos da sexta e da sétima séries. Escondiam sua humilhação com um exterior extremamente duro e blasfemo, chocando os fedelhos da sexta série e impondo-lhes um respeito relutante e temeroso com sua brutal sofisticação.

Mas Wally O'Brien era um garoto de sorte. Não tinha nenhum irmãozinho menor no agrupamento para aborrecê-lo. Cada ano, com alarme crescente, Arturo vira os irmãos August e Federico movendo-se na sua direção a partir das fileiras da frente. Federico agora era o décimo a partir da frente. Arturo sentia-se aliviado em saber que seu irmão mais novo nunca o ultrapassaria na formação. Em junho vindouro, graças a Deus, Arturo se formava e deixava de ser coroinha para sempre.

Mas a ameaça real era a cabeça loura à sua frente, seu irmão August. August já suspeitava de seu triunfo iminente. Sempre que o grupo era formado, ele parecia comparar sua altura à de Arturo com olhar de escárnio. Pois, na verdade, August era três milímetros mais alto, mas Arturo, geralmente encurvado, sempre conseguia endireitar-se o suficiente para passar pela supervisão de irmã Mary Ethelbert. Era um processo exaustivo. Ele tinha de espichar o pescoço e caminhar na ponta dos pés, os calcanhares meio centímetro acima do chão. Enquanto isso, mantinha August em completa submissão ministrando-lhe fortes golpes com o joelho sempre que irmã Mary Ethelbert não estava olhando.

Não vestiam os paramentos, pois era apenas um ensaio. Irmã Mary Ethelbert os conduziu para fora do pequeno auditório ao longo do corredor passando pelo grande auditório, onde Arturo vislumbrou Rosa salpicando lantejoulas na árvore de Natal. Chutou August e suspirou.

Rosa, eu e você: um casal de italianos.

Desceram três lances de escadas e atravessaram o pátio até as portas da frente da igreja. A água benta das pias estava congelada. Em sintonia, ajoelharam-se; o dedo de Wally O'Brien cutucando o menino à sua frente. Durante duas horas praticaram, resmungando respostas em latim, ajoelhando-se, marchando em devoção militar. *Ad Deum qui laetificat, juventutem meum.*

Às cinco horas, entediados e exaustos, tinham acabado. Irmã Mary Ethelbert os alinhou para a inspeção final. Os dedos dos pés de Arturo doíam por suportar seu peso total. Cansado, repousou sobre os calcanhares. Foi um momento de descuido pelo qual pagou caro. O olho esperto da irmã Mary Ethelbert exatamente naquele momento observou uma curva no alinhamento, começando e terminando no topo da cabeça de Arturo Bandini. Podia ler os pensamentos dela, seus dedos cansados esforçando-se em vão para soerguer o corpo. Tarde demais, tarde demais. Por sugestão dela, ele e August trocaram de lugar.

Seu novo parceiro era um garoto chamado Wilkins, da quarta série, que usava óculos de celuloide e limpava o nariz com o dedo. Atrás dele, triunfalmente santificado, estava August, os lábios zombando implacavelmente, sem dizer palavra. Wally O'Brien olhou para o ex-parceiro com tristeza e abatimento, pois Wally também fora humilhado pela intrusão desse presunçoso da sexta série. Foi o fim para Arturo. Pelo canto da boca sussurrou para August:

— Seu canalha — disse. — Vou te pegar lá fora.

Arturo o esperava depois do ensaio. Encontraram-se na esquina. August caminhou rápido, como se não tivesse visto o irmão. Arturo apurou o passo.

— Por que a pressa, Varapau?

— Não estou com pressa, Nanico.

— Sim, está, Varapau. Que tal um pouco de neve na cara?

— Não gostaria. Me deixe em paz, Nanico.

— Não estou incomodando você, Varapau. Só quero caminhar para casa com você.

— Não tente fazer nada comigo.

— Eu não encostaria o dedo em você, Varapau. O que o faz pensar nisso?

Aproximaram-se da viela entre a Igreja Metodista e o Colorado Hotel. Ultrapassada a viela, August estaria a salvo à vista dos hóspedes na janela do hotel. Saltou à frente para correr, mas o punho de Arturo agarrou-lhe o suéter.

— Por que a pressa, Varapau?

— Se encostar a mão em mim, vou chamar um tira.

— Ora, você não faria isso.

Um cupê passou, rodando lentamente. Arturo acompanhou o súbito olhar boquiaberto do irmão para os ocupantes do carro, um homem e uma mulher. A mulher dirigia e o homem passara o braço em volta das costas dela.

— Veja!

Mas Arturo tinha visto. Sentiu vontade de rir. Era uma coisa tão estranha. Effie Hildegarde dirigia o carro e o homem era Svevo Bandini.

Os meninos se entreolharam. Então foi por isso que Mamma fizera todas aquelas perguntas sobre Effie Hildegarde! Se Effie Hildegarde era bonita. Se Effie Hildegarde era uma mulher "daquelas".

A boca de Arturo relaxou numa risada. A situação o agradava. Aquele seu pai! Aquele Svevo Bandini! Rapaz... e Effie Hildegarde era uma mulher bonita mesmo!

— Eles nos viram?

— Não — disse Arturo, sorrindo.

— Tem certeza?

— Estava com o braço nas costas dela, não?

August franziu as sobrancelhas.

— Isso não é legal. É sair com outra mulher. O nono mandamento.

Entraram na viela. Era um atalho. A noite chegou rápido. Poças d'água aos seus pés estavam congeladas na escuridão crescente. Seguiram caminho, Arturo sorrindo. August estava amargo.

— É um pecado. Mamma é uma boa mãe. É um pecado.

— Cale a boca.

Saíram da viela para a rua Doze. A multidão que fazia compras de Natal no distrito comercial se colocava entre eles de vez em quando, mas ficaram juntos, esperando um ao outro abrir caminho através da massa. As lâmpadas da rua acenderam.

— Pobre Mamma. Ela é melhor do que aquela Effie Hildegarde.

— Cale a boca.

— É um pecado.

— Que sabe sobre isso? Cale a boca.

— Só porque Mamma não tem roupas bonitas...

— Cale a boca, August.

— É um pecado mortal.

— Você é burro. É muito pequeno. Não sabe de nada.

— Sei o que é um pecado. Mamma não faria isso.

O jeito como o braço do pai pousava no ombro dela. Ele a vira várias vezes. Encarregava-se das atividades das garotas na comemoração do Quatro de Julho no parque do Palácio da Justiça. Ele a vira de pé nos degraus do Palácio da Justiça no verão anterior, fazendo sinais com os braços, convocando as garotas a se agruparem para a grande parada. Lembrava-se dos seus dentes, seus bonitos dentes, sua boca vermelha, seu belo corpo. Deixara seus amigos para ficar à sombra observando-a falar com as garotas. Effie Hildegarde. Rapaz, seu pai era um espanto!

E ele era como o pai. Chegaria o dia em que ele e Rosa Pinelli fariam aquilo também. Rosa, vamos entrar no carro e passear pelo campo, Rosa. Eu e você no campo, Rosa. Você dirige o carro e vamos nos beijar, mas você dirige, Rosa.

— Aposto que toda a cidade sabe disso — disse August.

— Por que não devia saber? Você é igual a todo mundo. Só porque papai é pobre, só porque é italiano.

— É um pecado — disse ele, chutando furiosamente pedaços congelados de neve. — Não me interessa o que ele é... ou se é pobre. É um pecado.

— Você é burro. Um palerma. Não entende nada.

August não respondeu. Pegaram o atalho pela ponte de cavaletes que atravessava o regato. Caminharam em fila indiana, a cabeça baixa, cautelosos das limitações do caminho profundo através da neve. Cruzaram a ponte nas pontas dos pés, dormente a dormente da ferrovia, o riacho congelado 10 metros abaixo deles. A noite quieta lhes falava, sussurrando sobre um homem que passeava de carro em algum lugar na mesma penumbra, uma mulher que não era a sua ao seu lado. Desceram a crista da linha do trem e seguiram uma leve trilha que eles mesmos tinham feito em todo aquele inverno em suas idas e vindas da escola, através do pasto dos Alzis, com grandes massas de branco de cada lado do caminho, intocadas por meses, profundas e cintilantes ao nascer da noite. Sua casa ficava a meio quilômetro, apenas um quarteirão depois das cercas do pasto dos Alzis. Aqui nessa grande pastagem haviam passado grande parte de suas vidas. Ela se estendia dos quintais da última fileira de casas na cidade, choupos exaustos e congelados estrangulados na pose mortal dos longos invernos de um lado, e um regato que não ria mais, do outro. Debaixo daquela neve havia areia branca, em outros tempos muito quente e excelente depois de se nadar no riacho. Cada árvore guardava memórias. Cada mourão de cerca media um sonho, reservando-o para concretização a cada nova primavera. Além daquela pilha de pedras, entre aqueles dois choupos altos, ficava o cemitério dos seus cães e de Suzie, uma gata que detestava cachorros, mas agora jazia ao lado deles. Prince, morto por um automóvel; Jerry, que comeu carne envenenada; Pancho, o lutador, que se arrastou e morreu depois de seu último combate. Aqui eles tinham matado cobras, atirado em passarinhos, cravado lanças em sapos, escalpelado índios, assaltado bancos, completado guerras, se deliciado na paz. Mas naquela penumbra seu pai rodava com Effie Hildegarde e a silenciosa vastidão branca da terra de pastagem era o único lugar para se andar num caminho estranho para casa.

— Vou contar a ela — disse August.

Arturo estava à frente dele, a três passos de distância. Virou-se rapidamente.

— Trate de ficar quieto — disse. — Mamma já tem problemas demais.

— Vou contar a ela. Ela vai dar um jeito nele.

— Não diga nada sobre isso.

— É contra o nono mandamento. Mamma é nossa mãe e vou contar.

Arturo abriu as pernas e bloqueou a passagem. August tentou contorná-lo, a neve com meio metro de altura de cada lado do caminho. Sua cabeça estava abaixada, o rosto tenso de revolta e dor. Arturo pegou as duas lapelas do casaco dele e segurou-o.

— Não diga nada sobre isso.

August se desvencilhou.

— Por que devo ficar quieto? Ele é nosso pai, não é? Por que precisa fazer isso?

— Quer que Mamma fique doente?

— Então por que ele fez isso?

— Cale a boca! Responda a minha pergunta. Quer que Mamma fique doente? Vai ficar se souber disso.

— Não vai ficar doente.

— Sei que não vai... porque você não vai contar.

— Eu também sei.

As costas de suas mãos atingiram August nos olhos.

— Eu disse que você não vai contar!

Os lábios de August tremeram como gelatina.

— Vou contar.

O punho de Arturo apontou para o seu nariz.

— Está vendo isso? Vai levar se contar.

Por que deveria August querer contar? E daí que seu pai estivesse com outra mulher? Que diferença fazia, contanto que sua mãe não soubesse? E, além do mais, não era outra mulher: era Effie Hildegarde, uma das mulheres mais ricas da cidade. Muito bom para seu pai; muito bom mesmo. Não era tão boa quanto sua mãe — não —, mas isso não tinha nada a ver com a questão.

— Vamos, bata em mim. Eu vou contar.

O punho duro esmurrou a face de August. August virou a cabeça com desdém.

— Vamos. Bata em mim. Estou mandando.

— Prometa que não vai contar ou vou quebrar a sua cara.

— Bah. Pode bater. Vou contar.

Empinou o queixo para a frente, pronto para qualquer golpe. Aquilo enfureceu Arturo. Por que August tinha de ser tão idiota? Não queria bater nele. Às vezes realmente se divertia surrando August, mas não agora. Abriu o punho e bateu com a palma das mãos nos quadris em exasperação.

— Veja bem, August — argumentou. — Não vê que isso não vai ajudar a Mamma? Não consegue vê-la chorando? E justamente agora, na época do Natal. Vai magoá-la. Vai magoá-la como o diabo. Você não quer magoar a Mamma, não quer magoar sua própria mãe, quer? Quer me dizer que iria até sua mãe e diria a ela algo que iria magoá-la como o diabo? Não é um pecado, fazer isso?

Os olhos frios de August piscaram sua convicção. Os vapores de sua respiração inundaram o rosto de Arturo enquanto respondia rapidamente:

— E quanto a ele? Imagino que não esteja cometendo um pecado. Um pecado maior do que qualquer pecado que eu possa cometer.

Arturo cerrou os dentes. Tirou o boné e jogou-o na neve. Suplicou para o irmão com os dois punhos.

— Seu desgraçado! Você não vai contar.

— Vou sim.

Com um golpe, derrubou August, uma esquerda no lado da cabeça. O menino cambaleou para trás, perdeu o equilíbrio na neve e caiu de costas. Arturo saltou sobre ele, os dois enterrados na neve fofa debaixo da crosta endurecida. Suas mãos envolveram a garganta de August. Apertou com força.

— Vai contar?

Os olhos frios eram os mesmos.

Ficou imóvel. Arturo nunca o vira assim antes. O que devia fazer? Bater nele? Sem relaxar o aperto na garganta de August, ele olhou na direção das árvores, onde estavam seus cães mortos. Mordeu o lábio e buscou em vão dentro de si a raiva que o levaria a bater.

— Por favor, August. Não conte — disse, fracamente.

— Vou contar.

Então bateu. O sangue pareceu esguichar do nariz do irmão quase instantaneamente. Aquilo o horrorizou. Sentou-se escarranchado sobre August, seus joelhos prendendo os braços de August no chão. Não aguentava ver o rosto de August. Sob a máscara de sangue e de neve August sorria desafiadoramente, o filete vermelho enchendo o seu sorriso.

Arturo ajoelhou-se do seu lado. Estava chorando, soluçando com a cabeça no peito de August, enfiando as mãos na neve e repetindo:

— Por favor, August. Por favor! Pode ter tudo o que eu tenho. Pode dormir de qualquer lado da cama que quiser. Pode ter meu dinheiro do cinema.

August estava em silêncio, sorrindo.

De novo ficou furioso. De novo atacou, batendo com os punhos nos olhos frios. Imediatamente se arrependeu, arrastando-se na neve em volta da figura quieta e flácida.

Derrotado finalmente, ficou de pé. Tirou a neve das roupas, enfiou o boné e soprou nas mãos para aquecê-las. August ainda jazia ali, o sangue escorrendo do nariz: August, o triunfante, estendido como um morto, ainda sangrando, enterrado na neve, seus olhos frios cintilando sua serena vitória.

Arturo estava muito cansado. Não se importava mais.

— OK, August.

August ainda estava caído.

— Levante-se, August.

Sem aceitar o braço de Arturo, levantou-se com dificuldade. Ficou parado na neve, quieto, enxugando o rosto com um lenço, afastando a neve dos cabelos louros. Levou cinco minutos até o sangramento parar. Não disseram nada. August tocou suavemente em seu rosto inchado. Arturo o observou.

— Você está bem agora?

Ele não respondeu ao retomar a trilha e caminhar na direção da fileira de casas. Arturo o seguiu, a vergonha o silenciando: vergonha e desesperança. Sob o luar, notou que August mancava. E, no entanto, não era um manquejar, mas muito mais uma caricatura de manquejar, como no andar dolorido e embaraçado do novato que acabara de montar a cavalo pela primeira vez. Arturo estudou-o atentamente. Onde vira aquilo antes? Parecia tão natural em August. Então se lembrou: era assim que August costumava caminhar para fora da cama dois anos antes, naquelas manhãs depois de ter molhado a cama.

— August — disse. — Se você contar a Mamma, vou contar a todo mundo que você faz xixi na cama.

Não esperava mais do que um sorriso zombeteiro, mas para sua surpresa August se virou e o olhou nos olhos. Era um olhar de incredulidade, um sinal de dúvida atravessando os olhos até então frios. Instantaneamente Arturo preparou a estocada final, seus sentidos excitados pela vitória iminente.

— Sim senhor! — gritou. — Vou contar a todo mundo. Vou contar ao mundo todo. Vou contar a cada garoto da escola. Vou escrever bilhetes para cada garoto da escola. Vou contar a todo mundo que vir pela frente. Vou contar, e vou contar à cidade inteira. Vou contar a eles que August Bandini faz xixi na cama. Vou contar a eles!

— Não! — August engasgou. — Não, Arturo!

Gritou a plenos pulmões:

— Sim senhor, todos vocês de Rocklin, Colorado! Ouçam isto: August Bandini faz pipi na cama! Tem 12 anos de idade e faz pipi na cama. Já ouviram uma coisa dessas? Eia! Todo mundo, ouça!

— Por favor, Arturo! Não grite. Não vou contar. Juro que não, Arturo. Não vou dizer uma palavra! Só não grite assim. Não faço pipi na cama, Arturo. Eu fazia, mas não faço mais.

— Promete não contar a Mamma?

August engoliu em seco ao fazer o sinal da cruz e dizer que preferia morrer.

— OK — disse Arturo. — OK.

Arturo ajudou-o a ficar de pé e caminharam para casa.

CAPÍTULO SEIS

Sem sombra de dúvida: a ausência de papai tinha suas vantagens. Se estivesse em casa, os ovos mexidos do jantar levariam cebolas. Se estivesse em casa, não teriam a permissão de tirar o miolo do pão e comer apenas a casca. Se estivesse em casa, não teriam direito a tanto açúcar.

Mesmo assim, sentiam falta dele. Maria estava tão apática. O dia todo fazia sussurrar suas pantufas, caminhando lentamente. Às vezes, tinham de falar duas vezes para que os ouvisse. Às tardes, ficava sentada tomando chá, olhando para a xícara. Deixava os pratos sujos se acumularem. Uma tarde algo incrível aconteceu: uma mosca apareceu. Uma mosca! E no inverno! Acompanharam com o olhar o seu voo perto do teto. Parecia mover-se com grande dificuldade, como se suas asas estivessem congeladas. Federico subiu numa cadeira e matou a mosca com um jornal enrolado. Ela caiu no chão. Ficaram de joelhos e a examinaram. Federico segurou-a entre os dedos. Maria derrubou-a da mão dele. Ordenou que fosse à pia e lavasse as mãos com água e sabão. Ele se recusou. Ela o agarrou pelos cabelos e arrastou-o.

— Faça o que estou mandando!

Ficaram atônitos: Mamma nunca tocara neles, nunca lhes dissera nada áspero. Agora estava apática de novo, mergulhada no tédio de uma xícara de chá. Federico lavou e secou as mãos. Então fez uma coisa surpreendente. Arturo e August estavam convencidos de que havia algo errado, pois Federico inclinou-se e, com um beijo, afundou os lábios nos cabelos da mãe. Ela mal notou. Sorriu distraidamente. Federico ficou de joelhos e colocou a cabeça no colo dela. Seus dedos correram pelos contornos do nariz e dos lábios dele. Mas sabiam que ela mal havia notado Federico. Sem uma palavra, levantou-se, e Federico olhou desapontado enquanto ela se afastava e caminhava até a cadeira de balanço ao lado da janela na sala da frente. E lá ficou, sem se mexer, o ombro sobre o peitoril, o queixo na mão enquanto observava a rua fria e deserta.

Tempos estranhos. Os pratos por lavar. Às vezes iam para a cama e a cama não estava feita. Não importava, mas pensavam sobre aquilo, sobre ela na sala da frente à janela. De manhã, ficava na cama e não se levantava para prepará-los para a escola. Vestiam-se alarmados, espiando-a pela porta do quarto de dormir. Jazia como morta, o rosário na mão. Na cozinha, os pratos haviam sido lavados a certa altura da noite. Ficavam surpresos de novo, e desapontados: pois tinham acordado esperando uma cozinha suja. Aquilo fazia diferença. Gostavam da diferença entre uma cozinha limpa e uma suja. Mas lá estava ela, limpa de novo, seu café da manhã no forno. Davam uma olhada antes de saírem para a escola. Só seus lábios se mexiam.

Tempos estranhos.

Arturo e August caminharam até a escola.

— Lembre-se, August. Lembre-se da sua promessa.

— Hein? Não preciso contar. Ela já sabe.

— Não, não sabe.

— Então por que está assim?

— Porque está desconfiando. Mas não sabe de fato.

— É a mesma coisa.

— Não, não é.

Tempos estranhos. O Natal chegando, a cidade cheia de árvores de Natal e os papais-noéis do Exército da Salvação badalando os sinos. Só mais três dias de compras antes do Natal. Ficaram parados com olhos esfomeados diante das vitrinas das lojas. Suspiraram e seguiram em frente. Pensavam a mesma coisa: ia ser um Natal infeliz e Arturo odiava aquilo, porque podia esquecer que era pobre se não o lembrassem disto: todo Natal era o mesmo, sempre infeliz, sempre querendo coisas nas quais nunca pensara e tendo-as recusadas. Sempre mentindo para os meninos: dizendo que ia ganhar coisas que nunca poderia possuir. Os meninos ricos tinham um grande dia no Natal. Podiam fazê-lo render, e ele tinha de acreditar neles.

Tempo de inverno, tempo de ficar de pé ao redor de aquecedores nos vestiários, simplesmente de pé ali contando mentiras. Ah, nada como a primavera! Ah, o estalido do bastão, a ferroada de uma bola nas palmas suaves da mão! Inverno, tempo de Natal, tempo de garotos ricos: tinham botas altas e cachecóis coloridos e luvas forradas de pele. Mas aquilo não o preocupava muito. Sua época era a primavera. Nada de botas altas e cachecóis elegantes no campo de beisebol! Você não vai alcançar uma primeira base porque tem uma gravata de classe. Mas ele mentia com o restante deles. O que ia ganhar para o Natal? Ora, um relógio novo, um terno novo, uma porção de camisas e gravatas, uma bicicleta nova e uma dúzia de bolas oficiais Spalding da Liga Nacional.

Mas e quanto a Rosa?

Eu te amo, Rosa. Tinha um jeitinho todo seu. Era pobre também, filha de um mineiro de carvão, mas os garotos enxameavam ao seu redor e a ouviam falar, e aquilo não importava e ele a invejava e tinha orgulho dela, imaginando se aqueles que a ouviam jamais pensaram que ele era italiano também, como Rosa Pinelli.

Fale comigo, Rosa. Olhe para cá só uma vez, para cá, Rosa, de onde a estou olhando.

Tinha de arranjar um presente de Natal para ela, e caminhou pelas ruas, olhou as vitrinas e comprou-lhe joias e vestidos. Você é bem-vinda, Rosa. E aqui está um anel que comprei para você. Deixe-me colocá-lo no seu dedo. Pronto. Ora, não é nada, Rosa. Eu ia passando pela Pearl Street e dei com a joalheria Cherry's, entrei e comprei. Caro? Imagina. Trezentos, apenas. Tenho muito dinheiro, Rosa. Não ouviu falar do meu pai? Somos ricos. O tio do meu pai na Itália. Deixou-nos tudo. Descendemos de pessoas finas de lá. Não sabíamos, mas acabamos descobrindo, somos primos em segundo grau do duque dos Abruzos. Um parentesco distante com o rei da Itália. Mas não importa. Sempre te amei, Rosa, e só porque descendo de sangue real isso nunca fará nenhuma diferença.

Tempos estranhos. Uma noite chegou em casa mais cedo do que de costume. Encontrou a casa vazia, a porta dos fundos escancarada. Chamou a mãe, mas não teve resposta. Então notou que o fogão e a estufa tinham apagado. Procurou em cada cômodo da casa. O casaco e o chapéu de sua mãe estavam no quarto de dormir. Então onde podia estar?

Caminhou até o quintal e a chamou:

— Mãe! Ó mãe! Onde está?

Voltou à casa e acendeu um fogo na estufa da sala da frente. Onde podia ela estar sem o chapéu e o casaco neste tempo? Que se danasse o seu pai! Brandiu o punho contra o chapéu do pai pendurado na cozinha. Desgraçado, por que não vem para casa! Veja só o que está fazendo com a Mamma! A escuridão chegou subitamente e ficou assustado. Em algum lugar naquela casa fria podia sentir o cheiro de sua mãe, em cada quarto, mas ela não estava lá. Foi até a porta dos fundos e gritou de novo:

— Mãe! Ó mãe! Onde está?

O fogo apagou. Não havia mais carvão ou lenha. Ficou contente. Tinha uma desculpa para deixar a casa e ir buscar mais combustível. Apanhou uma caçamba de carvão e desceu pelo caminho do quintal.

No depósito de carvão ele a encontrou, sua mãe, sentada no escuro num canto, sentada numa tábua de argamassa. Deu um pulo quando a viu, estava tão escuro e seu rosto tão branco, anestesiado de frio, sentada com seu vestido fino, olhando para o seu rosto sem falar, como uma morta, sua mãe congelada no canto. Estava sentada longe da magra pilha de carvão na parte do depósito onde Bandini guardava as ferramentas de pedreiro, o cimento e os sacos de cal. Esfregou os olhos para livrá-los do brilho ofuscante da neve, a caçamba de carvão caída ao seu lado enquanto apertava os olhos e via a silhueta dela aos poucos se tornar mais nítida, sua mãe sentada numa tábua de argamassa no escuro do depósito de carvão. Estaria louca? E o que tinha na mão?

— Mamma! — perguntou. — O que está *fazendo* aqui?

Nenhuma resposta, mas sua mão se abriu e ele viu o que era: uma colher de pedreiro, a colher do seu pai. O clamor e o protesto do seu corpo e de sua mente tomaram conta dele. Sua mãe estava no escuro do depósito de carvão com a colher de pedreiro do seu pai. Era uma intromissão na intimidade de uma cena que pertencia só a ele. Sua mãe não tinha nenhum direito de estar nesse lugar. Era como se ela o tivesse descoberto ali, cometendo um pecado infantil, naquele lugar, no mesmo lugar onde ele se sentara naquelas ocasiões; e lá estava ela, enfurecendo-o com suas lembranças, e ele odiou aquilo, ela ali, segurando a colher de pedreiro do seu pai. Que bem fazia aquilo? Por que precisava sair por aí lembrando-se dele, mexendo em suas roupas, tocando a sua cadeira? Oh, ele a vira muitas vezes... olhando para o seu lugar vago na mesa; e agora cá estava ela, segurando sua colher de pedreiro no depósito, congelando até a morte e não se importando, como uma morta. Em sua raiva, chutou a caçamba de carvão e começou a chorar.

— Mamma! — perguntou. — O que está fazendo? Por que está aqui fora? Vai morrer aqui, Mamma! Vai congelar!

Ela se levantou e cambaleou até a porta com mãos brancas estendidas à frente, o rosto marcado pelo frio, esvaído de sangue, passando pelo filho e caminhando para a semiescuridão do entardecer. Quanto tempo ficara ali ele não sabia, possivelmente uma hora, possivelmente mais, mas sabia que devia estar meio morta de frio. Caminhava num transe, olhando aqui e ali como se nunca tivesse visto aquele lugar antes.

Encheu a caçamba de carvão. O lugar tinha o cheiro acre de cal e cimento. Sobre um caibro havia um macacão de Bandini. Pegou o macacão e rasgou-o em dois. Tudo bem que andasse por aí com Effie Hildegarde, ele gostava daquilo, mas por que devia sua mãe sofrer tanto e fazê-lo sofrer? Odiava a mãe também; era uma tola, matando-se de propósito, sem se importar com o restante deles, ele, August e Federico. Eram todos uns idiotas. A única pessoa com algum bom-senso na família era ele.

Maria estava na cama quando voltou à casa. Toda vestida, tremia debaixo das cobertas. Olhou para ela e fez caretas de impaciência. Bem, era sua própria culpa: por que saíra daquele jeito? No entanto, ele sentia que devia ser solidário.

— Tudo bem, Mamma?

— Deixe-me em paz — disse, com a boca trêmula. — Só me deixe em paz, Arturo.

— Quer a bolsa de água quente?

Ela não respondeu. Seus olhos o fitaram pelos cantos, rapidamente, em exasperação. Foi um olhar que ele interpretou como de ódio, como se ela o quisesse longe da sua vista para sempre, como se ele tivesse algo a ver com tudo isso. Assobiou de surpresa: céus, sua mãe era uma mulher estranha; estava levando aquilo a sério demais.

Deixou o quarto na ponta dos pés, não com medo dela, mas do que a sua presença poderia fazer a ela. Depois que August e Federico chegaram em casa, ela se levantou e fez o jantar: ovos escaldados, torradas, batatas fritas e uma maçã para cada um.

Ela mesma não tocou na comida. Depois do jantar a encontraram no mesmo lugar, à janela da frente, olhando para a rua branca, o rosário tinindo contra a cadeira de balanço.

Tempos estranhos. Era um entardecer apenas para viver e respirar. Sentaram-se ao redor da estufa e esperaram que algo acontecesse. Federico rastejou até a cadeira dela e colocou a mão no seu joelho. Ainda em prece, sacudiu a cabeça como que hipnotizada. Era o seu modo de dizer a Federico que não a interrompesse, nem a tocasse, que a deixasse sozinha.

Na manhã seguinte, havia voltado ao normal, terna e sorridente durante o café da manhã. Os ovos tinham sido preparados "à moda da Mamma", um regalo especial, as gemas envolvidas pelas claras. E olhem só para ela! Os cabelos penteados no capricho, os olhos grandes e reluzentes. Quando Federico despejou a terceira colher de açúcar na xícara de café, ela o repreendeu com um arremedo de severidade:

— Não é assim que se faz, Federico! Deixe-me mostrar.

Esvaziou a xícara na pia.

— Se você quer uma xícara de café açucarada, eu vou lhe dar.

Colocou o açucareiro, em vez da xícara, sobre o pires de Federico. O açucareiro estava cheio pela metade. Encheu a outra metade com café. Até August riu, embora tivesse de admitir que poderia haver um pecado naquilo... o desperdício.

Federico provou a mistura com desconfiança.

— Maravilha — disse. — Só que não tem lugar para o creme.

Ela riu, apertando a garganta com a mão, e ficaram contentes de vê-la feliz, mas continuou rindo, empurrando a cadeira para trás e curvando-se de tanto rir. Não era tão engraçado; não podia ser. Observaram-na tristemente, sua risada se prolongando mesmo quando seus rostos vazios olhavam para ela. Viram seus olhos se encherem de lágrimas, seu rosto inchar e ficar roxo. Levantou-se, uma das mãos na boca, e cambaleou até a pia. Tomou um copo d'água, até que engasgou e não pôde continuar, e finalmente se arrastou para o quarto e deitou-se na cama, onde riu.

Agora estava quieta de novo.

Levantaram-se da mesa e foram espiá-la na cama. Estava rígida, os olhos como botões numa boneca de pano, uma chaminé de vapores saindo de sua boca arquejante para o ar frio.

— Vocês, garotos, vão para a escola — disse Arturo. — Eu vou ficar em casa.

Depois que saíram, ele foi até a cabeceira dela.

— Posso fazer alguma coisa pela senhora, mãe?

— Vá embora, Arturo. Me deixe sozinha.

— Quer que eu chame o dr. Hastings?

— Não. Me deixe sozinha. Vá embora. Vá para a escola. Vai se atrasar.

— Quer que eu procure o papai?

— Não ouse fazer isso.

Subitamente aquilo pareceu a coisa certa a fazer.

— Vou tentar achá-lo — disse ele. — É exatamente o que vou fazer — e correu para pegar o casaco.

— Arturo!

Ela saltou da cama como um gato. Quando ele se virou no armário de roupas, um dos braços dentro de um suéter, ficou surpreso ao vê-la do seu lado tão rapidamente.

— Não vá atrás do seu pai! Está me ouvindo... não ouse!

Debruçou-se tão perto do seu rosto que o salpicou com saliva quente dos seus lábios. Ele recuou para o canto e virou as costas, com medo dela, com medo sequer de olhar para ela. Com uma força que o espantou, ela o pegou pelo ombro e o girou para a frente.

— Você viu seu pai, não foi? Está com aquela mulher.

— Que mulher? — desvencilhou-se e ficou remexendo no suéter. Ela arrancou o suéter das mãos dele e agarrou-o pelos ombros, fincando-lhe as unhas na carne.

— Arturo, olhe para mim! Você viu ele, não foi?

— Não.

Mas ele sorriu; não porque desejasse atormentá-la, mas porque acreditava que tinha se livrado com a mentira. Sorriu rápido demais. A boca de sua mãe se fechou e seu rosto relaxou em derrota. Ela sorriu fracamente, detestando saber, e, no entanto, vagamente satisfeita de que ele tivesse tentado protegê-la da notícia.

— Estou vendo — disse ela. — Estou vendo.

— A senhora não está vendo nada, está falando tolices.

— Quando viu seu pai, Arturo?

— Estou dizendo que não vi meu pai.

Ela se aprumou e jogou os ombros para trás.

— Vá para a escola, Arturo. Estou bem aqui. Não preciso de ninguém.

Mesmo assim, ele ficou, andando pela casa, mantendo aceso o fogo, de vez em quando olhando para o quarto dela, onde estava deitada como sempre, os olhos vidrados contemplando o teto, as contas chacoalhando. Ela não o mandou para a escola de novo e ele sentiu que era de alguma serventia, que ela se consolava com a sua presença. Depois de algum tempo, puxou um exemplar de *Horror Crimes* do seu esconderijo debaixo do assoalho e ficou sentado lendo na cozinha, o pé num bloco de madeira do fogão.

Sempre quisera que sua mãe fosse atraente, que fosse bonita. Agora aquilo o obcecava, o pensamento filtrando-se entre as páginas de *Horror Crimes* e tomando forma na infelicidade da mulher deitada na cama. Largou a revista e ficou sentado mordendo o lábio. Há 16 anos sua mãe fora bonita, pois tinha visto uma foto dela. Oh, aquela foto! Muitas vezes, vindo para casa da escola e encontrando a mãe cansada e preocupada, e nada bonita, ele a tirara do baú — uma foto de uma garota de olhos grandes num amplo chapéu, sorrindo com tantos dentes pequeninos, uma beleza de garota de pé debaixo da macieira no quintal de vovó Toscana. Oh, Mamma, beijá-la naquela ocasião! Oh, Mamma, por que você mudou?

Subitamente quis olhar de novo aquela foto. Escondeu a revistinha e abriu a porta do quarto vazio ao lado da cozinha, onde estava guardado o baú de sua mãe. Trancou a porta por dentro. Hum, e por que fez isso? Destrancou. O quarto era como uma geladeira. Atravessou-o até a janela onde ficava o baú. Então voltou e trancou a porta de novo. Sentia vagamente que não devia estar fazendo aquilo, mas por que não: não podia sequer olhar para uma foto de sua mãe sem uma sensação de mal que o degradasse? Bem, vamos supor que não fosse sua mãe, na verdade: fora no passado; portanto, que diferença fazia?

Debaixo das camadas de roupas de cama e cortinas que a mãe guardava para "quando a gente tiver uma casa melhor", debaixo das fitas e das roupas de bebê usadas antigamente por ele e por seus irmãos, encontrou a fotografia. Ah, rapaz! Ergueu-a e olhou para a maravilha daquele rosto adorável: aqui estava a mãe com que sempre sonhara, essa garota, com não mais do que 20 anos, cujos olhos sabia que se assemelhavam aos seus. Não aquela mulher cansada na outra parte da casa, aquela com o rosto magro e castigado, as longas mãos ossudas. Tê-la conhecido então, ter lembrado tudo desde o começo, ter sentido o balanço daquele belo ventre, ter vivido lembrando-se desde o início e ainda assim ele não se lembrava de nada daquela época, e sempre ela fora como era agora, cansada e com aquela melancolia sofrida, os grandes olhos, os de outra pessoa, a boca mais suave como se de muito chorar. Traçou com o dedo o contorno do rosto dela, beijando-o, murmurando e suspirando por um passado que nunca conhecera.

Ao guardar a fotografia, seu olhar pousou em alguma coisa num canto do baú. Era uma minúscula caixa de joias de veludo púrpura. Nunca a vira antes. Sua presença o surpreendeu, pois remexera naquele baú muitas vezes. A caixinha púrpura se abriu quando apertou a fechadura de mola. Dentro, aninhado num forro de seda, estava um camafeu negro numa corrente de ouro. A escrita difusa num cartão debaixo da seda lhe revelou o que era. "Para Maria, que hoje completa um ano de casada. Svevo."

Sua cabeça trabalhou rapidamente enquanto enfiou a caixinha no bolso e fechou o baú. Rosa, feliz Natal. Um pequeno presente. Eu comprei, Rosa. Vinha economizando há muito tempo. Para você, Rosa. Feliz Natal.

Estava à espera de Rosa na manhã seguinte, às oito horas, de pé no bebedouro do vestíbulo. Era o último dia de aula antes das férias de Natal. Sabia que Rosa sempre chegava cedo à escola. Geralmente ele mal alcançava o último sinal, correndo os dois quarteirões finais até a escola. Estava seguro de que as freiras que passaram o encararam desconfiadas, apesar de seus sorrisos amáveis e dos votos de feliz Natal. No bolso direito do casaco sentiu a aconchegada importância do seu presente para Rosa.

Às oito e quinze, o pessoal começou a chegar: garotas, naturalmente, mas nada de Rosa. Olhou para o relógio elétrico na parede. Oito e meia e nada de Rosa. Franziu a testa aborrecido: toda uma meia hora passada na escola e para quê? Para nada. Irmã Celia, o olho de vidro mais brilhante do que o outro, investiu escada abaixo vinda dos alojamentos do convento. Vendo-o ali com o peso do corpo num dos pés, Arturo que geralmente chegava atrasado, ela consultou o relógio de pulso.

— Deus Santíssimo! Meu relógio parou?

Conferiu com o relógio elétrico na parede.

— Não foi para casa a noite passada, Arturo?

— Claro que sim, irmã Celia.

— Quer dizer que deliberadamente chegou meia hora mais cedo esta manhã?

— Vim estudar. Estou atrasado na minha álgebra.

Ela sorriu, demonstrando dúvida.

— Com as férias de Natal começando amanhã?

— Isso mesmo.

Mas sabia que aquilo não fazia sentido.

— Feliz Natal, Arturo.

— Igualmente, irmã Celia.

Vinte para as nove e nada de Rosa. Todo mundo parecia olhar para ele, até seus irmãos, boquiabertos, como se estivesse na escola errada, na cidade errada.

— Vejam só quem está aqui!

— Vai saindo, seu fedelho.

Abaixou-se para beber um pouco de água gelada.

Às dez para as nove ela abriu a grande porta da frente. Lá estava, chapéu vermelho, casaco de pelo de camelo, galochas com zíper, o rosto, o corpo iluminados pela chama fria da manhã de inverno. Foi chegando cada vez mais perto, os braços enlaçando adoravelmente uma pilha de livros. Acenou com a cabeça para cá e para lá cumprimentando amigas, seu sorriso como uma melodia naquele corredor: Rosa, presidente das Garotas Santo Nome, a namorada de todo mundo cada vez mais perto em suas pequenas galochas que abanavam de alegria como se a amassem também.

Apertou o punho em torno da caixa de joia. Um súbito jorro de sangue desceu-lhe pela garganta. A mira rápida dos olhos dela pousou por um momento fugaz no seu rosto torturado e em êxtase, a boca aberta, os olhos esbugalhados enquanto engolia sua excitação.

Estava sem fala.

— Rosa... eu... aqui está...

O olhar dela o deixou. A carranca tornou-se um sorriso quando uma colega de classe correu e a levou para longe. Entraram no vestiário, tagarelando excitadamente. Seu peito afundou. Besteira. Abaixou-se e tomou água gelada. Besteira. Cuspiu a água, detestando-a, toda a sua boca doendo. Besteira.

Passou a manhã escrevendo bilhetes para Rosa e rasgando-os. Irmã Celia fez a classe ler *O outro mago*, de Van Dyke. Ficou sentado cheio de tédio, a cabeça sintonizada nos textos mais saudáveis que encontrava nas revistinhas de crime.

Mas, quando chegou a vez de Rosa ler, ouviu com uma espécie de reverência. Só então a porcaria de Van Dyke adquiriu um significado. Sabia que era um pecado, mas não tinha absolutamente nenhum respeito pela história do nascimento do Menino Jesus, da fuga para o Egito e da narrativa da criança na manjedoura. Mas essa linha de raciocínio era um pecado.

No intervalo do meio-dia, foi à caça; mas ela nunca estava sozinha, sempre com amigas. Uma vez ela olhou por cima dos ombros de uma garota enquanto um grupo delas formava um círculo e o viu, como que pressentindo que a estivesse seguindo. Desistiu, então, envergonhado, e fingiu zanzar pelo corredor. A sineta tocou e as aulas da tarde começaram. Enquanto irmã Celia falava misteriosamente do Nascimento e da Virgem, escreveu mais bilhetes para Rosa, rasgando-os e escrevendo outros. Percebera que não estava à altura da tarefa de entregar-lhe o presente pessoalmente. Outra pessoa teria de fazê-lo. O bilhete que o satisfez foi:

Querida Rosa:
Aqui está um feliz Natal
de
Adivinhe quem?

Magoava-o saber que ela não aceitaria o presente se reconhecesse a sua letra. Com paciência desajeitada, reescreveu a mensagem com a mão esquerda, rabiscando-a numa garatuja tumultuada e canhestra. Mas quem entregaria o presente? Estudou os rostos dos colegas ao redor. Nenhum deles, se deu conta, seria capaz de guardar um segredo. Resolveu o problema levantando dois dedos. Com a benevolência açucarada da temporada natalina, irmã Celia deu com um sinal de cabeça a permissão para que deixasse a sala. Saiu na ponta dos pés pelo corredor lateral em direção do vestiário.

Reconheceu o casaco de Rosa imediatamente, pois estava familiarizado com ele, tendo-o tocado e cheirado em ocasiões semelhantes. Enfiou o bilhete dentro da caixa e deixou-a cair no bolso do casaco. Abraçou o casaco, inalando sua fragrância. No bolso lateral encontrou um par de pequeninas luvas de criança. Estavam bem usadas, os dedinhos mostrando furos.

Oh, puxa: pequeninos furos simpáticos. Beijou-os com ternura. Queridos furinhos nos dedos. Doces furinhos. Não chorem, furinhos simpáticos, sejam corajosos e conservem seus dedos aquecidos, seus dedinhos espertos.

Voltou à sala de aula, tomou o corredor lateral até a carteira, seus olhos o mais distantes possível de Rosa, pois ela não devia saber, sequer suspeitar dele.

Quando tocou a sineta de encerramento, foi o primeiro a sair pelas grandes portas da frente, correndo para a rua. Esta noite saberia se ela se importava, pois era a noite do Banquete do Santo Nome para os coroinhas. Atravessando a cidade, manteve os olhos abertos para avistar o pai, mas sua vigilância não foi recompensada. Sabia que devia ter ficado na escola para o ensaio dos coroinhas, mas aquela incumbência se tornara insuportável com o irmão August atrás dele e o menino do seu lado, seu parceiro, um infeliz dum nanico da quarta série.

Ao chegar em casa, ficou espantado de encontrar uma árvore de Natal, um pequeno espruce, num canto junto à janela na sala da frente. Bebericando chá na cozinha, sua mãe mostrou-se apática.

— Não sei quem foi — disse. — Um homem num caminhão.

— Que tipo de homem, Mamma?

— Um homem.

— Que tipo de caminhão?

— Simplesmente um caminhão.

— O que estava escrito no caminhão?

— Não sei. Não prestei atenção.

Sabia que estava mentindo. Detestava-a por aceitar a sua situação difícil como uma mártir. Devia ter jogado a árvore de volta na cara do homem. Caridade! O que pensavam que sua família era... pobre? Desconfiava da família Bledsoe, da casa ao lado: a sra. Bledsoe que não deixava o seu Danny e o seu Phillip brincarem com aquele menino Bandini porque ele era (1) um italiano, (2) um católico e (3) um menino mau, líder de um bando de arruaceiros que despejavam lixo na sua varanda da frente todo Halloween. E ela não mandara Danny com uma cesta cheia de coisas no último Dia de Ação de Graças, quando não precisava fazer aquilo, e Bandini não tinha mandado Danny levar a cesta de volta?

— Era um caminhão do Exército da Salvação?

— Não sei.

— O homem usava um chapéu de soldado?

— Não me lembro.

— Foi o Exército da Salvação, não foi? Aposto que o sr. Bledsoe os chamou.

— E se fosse? — a voz dela saía por entre os dentes. — Quero que o seu pai veja aquela árvore. Quero que olhe para ela e veja o que fez conosco. Até os vizinhos já sabem. Ah, que vergonha, que a vergonha caia sobre ele!

— Ao diabo com os vizinhos.

Caminhou até a árvore com os punhos fechados belicosamente.

— Ao diabo com os vizinhos.

A árvore tinha aproximadamente o seu tamanho, um metro e meio. Investiu contra sua plenitude espinhosa e puxou os galhos. Tinham uma resistência flexível, dobrando e estalando, sem quebrar. Quando a havia desfigurado a contento, jogou-a na neve na entrada da casa. Sua mãe não fez nenhum protesto, olhando sempre para dentro da xícara de chá, os olhos escuros ruminando.

— Espero que os Bledsoe a vejam — disse ele. — Isso vai lhes ensinar.

— Deus vai puni-lo — disse Maria. — Ele vai pagar por isso.

Mas ele estava pensando em Rosa e no que poderia vestir para o Banquete dos Coroinhas. Ele, August e seu pai sempre brigavam por aquela gravata cinzenta favorita, Bandini insistindo que era velha demais para meninos, e ele e August respondendo que era jovem demais para um homem maduro. No entanto, de certa forma, sempre ficara sendo "a gravata do papai", pois havia nela muito daquele bom sentimento paternal, a frente mostrando leves manchas de vinho e cheirando vagamente a charutos Toscanelli. Adorava aquela gravata e sempre se ressentia se tivesse de usá-la imediatamente depois de August, pois então a misteriosa qualidade de seu pai de certo modo se ausentava dela. Gostava dos lenços do pai também. Eram tão maiores que os seus e possuíam uma maciez e uma brandura por serem lavados e passados tantas vezes por sua mãe e havia neles uma vaga sensação de sua mãe e de seu pai juntos, parte de um quadro, de um esquema de coisas.

Por muito tempo ficou diante do espelho em seu quarto falando com Rosa, ensaiando sua aceitação dos agradecimentos dela. Agora estava seguro de que o presente automaticamente trairia o seu amor. O jeito como olhara para ela naquela manhã, o jeito como a seguira durante o intervalo do meio-dia... ela sem dúvida associaria essas preliminares com a joia. Estava contente. Queria seus sentimentos em campo aberto. Ele a imaginava dizendo: "Eu sabia que era você o tempo todo, Arturo." Parado diante do espelho, ele respondia: "Bem, Rosa, você sabe como é, um sujeito gosta de dar à namorada um presente de Natal."

Quando seus irmãos chegaram em casa, já estava vestido. Não possuía um terno completo, mas Maria sempre guardava suas calças "novas" e seu paletó "novo" em ordem, bem passados. Não combinavam, mas se aproximavam muito, as calças de sarja azul e o paletó cinza-escuro.

Ao vestir as roupas "novas", transformou-se na imagem da frustração e da infelicidade, sentado na cadeira de balanço, as mãos cruzadas no colo. A única coisa que fazia quando colocava as roupas "novas", e ele sempre o fazia mal, era simplesmente sentar-se e suportar o período até o amargo fim. Tinha quatro horas de espera antes que o banquete começasse, mas havia algum consolo no fato de que, esta noite, pelo menos, não ia comer ovos.

Quando August e Federico despejaram uma enxurrada de perguntas a respeito da árvore de Natal quebrada diante da casa, suas roupas "novas" pareciam mais apertadas do que nunca. A noite ia ser amena e clara, por isso colocou um suéter sobre o paletó cinzento em vez de dois e saiu, satisfeito de se afastar da depressão da sua casa.

Caminhando pela rua naquele mundo de sombras em preto e branco, sentiu a serenidade da vitória iminente: o sorriso de Rosa esta noite, seu presente em torno do pescoço dela enquanto esperava os coroinhas no auditório, seu sorriso para ele e só para ele.

Ah, que noite!

Falava consigo mesmo enquanto caminhava, respirando o ar rarefeito da montanha, sentindo-se tonto na glória de suas posses, Rosa, minha garota, Rosa para mim e para ninguém mais. Só uma coisa o perturbava, e isso vagamente: sentia fome, mas o vazio no seu estômago era dissipado pelo transbordamento da sua alegria. Esses Banquetes para os Coroinhas, e comparecera a sete em sua vida, eram as conquistas supremas em matéria de comida. Podia ver tudo diante de si, pratos imensos de galinha e peru fritos, pãezinhos quentes, batatas-doces, molho de uva-do-monte e todo sorvete de chocolate que pudesse ingerir, e, além de tudo isso, Rosa com um camafeu no pescoço, seu presente, sorrindo enquanto ele se fartava, servindo-o com olhos negros reluzentes e dentes tão brancos que eram bons até de se comer.

Que noite! Abaixou-se e apanhou um bocado de neve, deixando-a derreter na boca, o líquido frio escorrendo garganta abaixo. Fazia isso muitas vezes, sugando a neve macia e desfrutando o efeito gelado na garganta.

A reação intestinal ao líquido gelado no estômago vazio foi um leve ronronar em algum lugar no meio do corpo, subindo para a região torácica. Estava atravessando a ponte de cavaletes, bem no meio dela, quando tudo diante dos seus olhos se dissolveu de repente na escuridão. Seus pés perderam toda reação sensorial. O fôlego lhe vinha em espasmos frenéticos. Viu-se caído de costas. Tombara flacidamente. No fundo do peito o coração martelava em busca de movimento. Agarrou-o com ambas as mãos, tomado pelo terror. Estava morrendo: oh, Deus, ia morrer! Até a ponte parecia sacudir com a violência das batidas do seu coração.

Mas cinco, 10, 20 segundos depois, ainda estava vivo. O terror do momento ainda queimava em seu coração. O que havia acontecido? Por que tinha caído? Levantou-se e atravessou correndo a ponte, tremendo de medo. O que havia feito? Era o seu coração, sabia que seu coração tinha parado de bater e começara de novo... mas por quê?

Mea culpa, mea culpa, mea maxima culpa! O misterioso universo se avolumava ao seu redor e estava sozinho nos trilhos da ferrovia, correndo para a rua onde homens e mulheres caminhavam, onde não era tão solitário, e enquanto corria sentiu como adagas penetrantes que essa era a advertência de Deus, essa era a Sua maneira de avisar-lhe que conhecia o seu crime: ele, o ladrão que surrupiara o camafeu de sua mãe, pecador contra o decálogo. Ladrão, ladrão, pária de Deus, filho do diabo com uma marca negra no livro de sua alma.

Poderia acontecer de novo. Agora, daqui a cinco minutos. Dez minutos. Ave, Maria, cheia de graça, eu me arrependo. Não corria mais, mas caminhava agora, rapidamente, quase correndo, receando a superexcitação do seu coração. Adeus a Rosa e a pensamentos de amor, adeus e adeus, e olá para a tristeza e o remorso.

Ah, a esperteza de Deus! Ah, como o Senhor era bom para ele, dando-lhe outra oportunidade, avisando-o e ainda não o matando.

Vejam! Vejam como eu caminho. Eu respiro. Estou vivo. Estou caminhando para Deus. Minha alma está negra. Deus vai limpar a minha alma. Ele é bom para mim. Meus pés tocam o chão, um, dois, um, dois. Posso contar a padre Andrew. Vou contar tudo a ele.

Tocou a sineta na parede do confessionário. Cinco minutos depois, o padre Andrew apareceu através da porta lateral da igreja. O padre alto, meio calvo ergueu as sobrancelhas de surpresa ao encontrar apenas uma alma naquela igreja decorada para o Natal — e aquela alma um menino, os olhos bem fechados, os maxilares cerrados, os lábios movendo-se em prece. O padre sorriu, tirou o palito da boca, fez uma genuflexão e caminhou para o confessionário. Arturo abriu os olhos e o viu avançando como uma coisa bonita toda de preto, e havia o conforto em sua presença e calor em sua batina negra.

— O que foi agora, Arturo? — disse num sussurro agradável. Colocou a mão no ombro de Arturo. Era como o toque de Deus. Sua agonia se rompeu sob aquele gesto. A incerteza da paz nascente agitou-se dentro das profundezas, 10 milhões de quilômetros dentro dele.

— Preciso me confessar, padre.

— Certamente, Arturo.

Padre Andrew ajustou o cinturão e entrou na porta do confessionário. Ele o seguiu, ajoelhando-se na cabina do penitente, a treliça de madeira separando-o do padre. Depois do ritual prescrito, ele disse:

— Ontem, padre Andrew, eu estava mexendo no baú de minha mãe. Encontrei um camafeu com uma corrente de ouro e o surrupiei, padre. Coloquei-o no bolso, e ele não me pertencia, pertencia a minha mãe, meu pai tinha dado a ela, e deve ter custado muito dinheiro, mas eu surrupiei mesmo assim, e hoje dei a uma garota na escola. Dei uma coisa roubada de presente de Natal.

— Você diz que era valioso? — perguntou o padre.

— Eu olhei bem — respondeu.

— Que valor teria, Arturo?

— Parecia muito valioso, padre. Estou terrivelmente arrependido, padre. Nunca mais vou roubar enquanto viver.

— Ouça-me, Arturo — disse o padre. — Vou lhe dar a absolvição se me prometer que vai à sua mãe e contará a ela que roubou o camafeu. Conte-lhe exatamente como me contou. Se ela o valorizar, se o quiser de volta, você tem de me prometer que vai apanhá-lo com a garota e o devolverá a sua mãe. Se não puder fazer isso, tem de me prometer que vai comprar outro para sua mãe. Não é justo isso, Arturo? Acho que Deus vai concordar que você está tendo uma oportunidade justa.

— Vou conseguir de volta. Vou tentar.

Curvou a cabeça enquanto o padre murmurava o latim da absolvição. Foi tudo. Foi sopa. Deixou o confessionário e ajoelhou-se na igreja, as mãos apertadas sobre o coração. Ele batia serenamente. Estava salvo. Era um mundo maravilhoso afinal. Durante muito tempo, ficou de joelhos, deleitando-se na doçura da escapatória. Eram camaradas, ele e Deus, e Deus era um bom sujeito. Mas não correu riscos. Por duas horas, até que o relógio bateu as oito, rezou toda oração que conhecia. Tudo estava correndo bem. O conselho do padre era sopa. Esta noite, depois do banquete, contaria à mãe a verdade — que roubara o seu camafeu e dera a Rosa. Ela protestaria no início. Mas não por muito tempo. Conhecia sua mãe e sabia como conseguir as coisas com ela.

Atravessou o pátio da escola e subiu as escadas até o auditório. No saguão, a primeira pessoa que viu foi Rosa. Ela caminhou diretamente até ele.

— Quero falar com você — disse.

— Claro, Rosa.

Ele a seguiu escada abaixo, receoso de que algo terrível estivesse para acontecer. No pé da escada, ela esperou que ele abrisse a porta, seus maxilares cerrados, o casaco de pelo de camelo bem fechado em volta de si.

— Estou realmente com fome — disse ele.

— Está? — e a voz dela era fria e soberba.

Ficaram parados nas escadas do lado de fora da porta, na beirada da plataforma de concreto. Ela estendeu a mão.

— Tome aqui — disse. — Não quero isto.

Era o camafeu.

— Não posso aceitar um presente roubado — falou. — Minha mãe disse que você provavelmente roubou isto.

— Não roubei! — mentiu ele. — Eu não roubei!

— Tome — disse ela. — Eu não quero.

Ele o colocou no bolso. Sem uma palavra, ela se virou para entrar no edifício.

— Mas, Rosa!

Na porta ela se virou e sorriu docemente.

— Não devia roubar, Arturo!

— Eu *não* roubei!

Saltou sobre ela, arrastou-a porta afora e a empurrou. Ela recuou até a beira da plataforma e caiu na neve, depois de balançar e agitar os braços num esforço inútil para recuperar o equilíbrio. Ao cair sua boca se escancarou e soltou um grito.

— Não sou um ladrão! — disse ele olhando do alto para ela.

Saltou da plataforma para a calçada e afastou-se o mais rápido que podia. Na esquina, olhou para o camafeu por um momento e então o arremessou com toda a força sobre o telhado de uma casa de dois andares que dava para a rua. E então seguiu em frente de novo. Ao diabo com o Banquete dos Coroinhas. Não estava com fome, de qualquer maneira.

CAPÍTULO SETE

Véspera de Natal. Svevo Bandini voltava para casa, sapatos novos nos pés, desafio na mandíbula, culpa no coração. Belos sapatos, Bandini; onde os conseguiu? Não é da sua conta. Tinha dinheiro no bolso. Seu punho o apertava. Onde conseguiu esse dinheiro, Bandini? Jogando pôquer. Estava jogando há 10 dias.

Não me diga!

Mas aquela era a sua história, e daí que sua mulher não acreditasse? Seus sapatos pretos esmagavam a neve, os saltos novos aguçados cortando-a.

Estavam à sua espera: de certo modo sabiam que ia chegar. A própria casa sentia aquilo. As coisas estavam em ordem. Maria, à janela, rezava o rosário muito rapidamente, como se houvesse tão pouco tempo: umas poucas orações antes que ele chegasse.

Feliz Natal. Os meninos tinham aberto os presentes. Cada um ganhou um presente. Pijamas da vovó Toscana. Ficaram sentados por ali de pijamas... à espera. Do quê? O ar de expectativa era bom: algo ia acontecer. Pijamas em azul e verde. Vestiram-nos porque não havia mais nada a fazer. No silêncio da espera era maravilhoso pensar que papai estava voltando para casa sem falarem naquilo.

Federico tinha de estragar tudo:

— Aposto que papai vem para casa hoje.

Quebrou o encanto. Era um pensamento privado que pertencia a cada um. Silêncio. Federico se arrependeu de suas palavras e começou a cismar por que não lhe haviam respondido.

Um passo na varanda. Todos os homens e mulheres na Terra poderiam ter subido aquele degrau e, no entanto, nenhum teria feito um som como aquele. Olharam para Maria. Ela prendeu o fôlego, apressando-se em mais uma oração. A porta se abriu e ele entrou. Fechou a porta cuidadosamente, como se toda a sua vida tivesse sido dedicada à ciência exata de fechar portas.

— Olá.

Não era nenhum garoto apanhado roubando bolas de gude, nem um cachorro punido por rasgar um sapato. Era Svevo Bandini, um homem maduro com uma mulher e três filhos.

— Onde está a Mamma? — disse, olhando direto para ela, como um homem embriagado querendo provar que era capaz de fazer uma pergunta séria. Ele a viu no canto, exatamente onde sabia que estava, pois tomara um susto com a sua silhueta quando a vira da rua.

— Ah, aí está ela.

Odeio você, pensou ela. Com meus dedos quero arrancar seus olhos e cegá-lo. Você é um animal, você me machucou e não vou descansar enquanto não o tiver machucado.

Papai de sapatos novos. Guinchavam com os seus passos como se minúsculos camundongos corressem ao redor deles. Atravessou a sala até o banheiro. Um som estranho — papai em casa de novo.

Espero que morra. Nunca mais vai tocar em mim. Odeio você, Deus sabe o que fez comigo, meu marido, eu o odeio tanto.

Voltou e ficou no meio da sala, de costas para a mulher. Tirou do bolso o dinheiro. E disse aos filhos:

— Que tal se a gente fosse ao centro da cidade, antes das lojas fecharem, vocês, eu e Mamma, todos nós, e comprássemos presentes de Natal para todo mundo?

— Quero uma bicicleta — disse Federico.

— Claro. Vai ganhar uma bicicleta!

Arturo não sabia o que queria, nem August. O mal que havia feito enroscava-se dentro de Bandini, mas ele sorria e dizia que iam encontrar alguma coisa para todos. Um grande Natal. O maior de todos.

Posso ver aquela outra mulher nos seus braços, posso sentir o cheiro dela nas suas roupas, seus lábios percorreram o rosto dele, suas mãos exploraram o seu peito. Ele me enoja e quero vê-lo ferido de morte.

— E o que vamos comprar para Mamma?

Virou-se e encarou-a, seus olhos no dinheiro enquanto desenrolava as notas.

— Vejam só este dinheiro todo! Melhor dar tudo a Mamma, hein? Todo o dinheiro que papai ganhou no baralho. Grande jogador de cartas, o papai.

Levantou os olhos e fitou-a, ela com as mãos agarradas aos lados da cadeira, como se pronta para saltar sobre ele, e percebeu que tinha medo dela e sorriu não de contentamento, mas de medo, o mal que fizera minando a sua coragem. Segurou o dinheiro à sua frente em forma de leque: havia notas de cinco e de 10, 100 dólares redondos, e como um condenado a caminho do suplício manteve o sorriso tolo nos lábios enquanto se debruçava e lhe oferecia as notas, tentando pensar nas velhas palavras, suas palavras, dele e dela, sua linguagem. Ela continuou grudada na cadeira com horror forçando-se a não se encolher diante da serpente de culpa que se movia na imagem espectral do rosto dele. Ele se debruçou, cada vez mais perto, apenas a centímetros dos cabelos dela, extremamente ridículo em suas manobras, até que ela não pôde aguentar aquilo, não pôde se refrear e, com uma rapidez que surpreendeu até a si mesma, seus 10 longos dedos estavam sobre os olhos dele, rasgando, uma força cantante nos 10 dedos compridos que deixavam riscas de sangue no seu rosto enquanto ele gritava e recuava, a frente da camisa, o pescoço e o colarinho acolhendo as gotas vermelhas que caíam rapidamente. Mas eram seus olhos, meu Deus, meus olhos, meus olhos! E ele se afastou e cobriu-os com as mãos em concha, de pé contra a parede, seu rosto queimando de dor, com medo de erguer as mãos, com medo de que estivesse cego.

— Maria — soluçou. — Por Deus, o que fez comigo?

Podia enxergar; indistintamente através de uma cortina de vermelho ele podia ver e cambaleou.

— Ah, Maria, o que fez? O que fez?

Cambaleou ao redor da sala. Ouviu o choro dos filhos, as palavras de Arturo: "Oh, Deus." Continuou rodando e cambaleando, sangue e lágrimas em seus olhos.

— *Jesu Christi*, o que me aconteceu?

Aos seus pés estavam caídas as notas verdes, e ele cambaleou ao redor delas e sobre elas com seus sapatos novos, pequenas gotas vermelhas salpicadas sobre os reluzentes bicos pretos, rodando e rodando, gemendo e tateando o caminho até a porta e para fora na noite fria, na neve, bem fundo no turbilhão diante da casa gemendo o tempo todo, suas grandes mãos colhendo neve como água e apertando-a contra o rosto ardente. Na casa seus filhos estavam petrificados, em seus pijamas novos, a porta da frente aberta, a luz no meio da sala ofuscando sua visão de Svevo Bandini enquanto ele enxugava o rosto com o linho do céu. Maria continuava sentada na cadeira. Não se mexeu enquanto olhava para o sangue e o dinheiro espalhados pela sala.

Desgraçada, pensou Arturo. Que se dane e vá para os infernos!

Ele chorava, ferido pela humilhação do seu pai; seu pai, aquele homem, sempre sólido e poderoso, e ele o vira desabar, ferido e choroso, seu pai que nunca chorava e nunca desabava.

Queria estar com seu pai e colocou os sapatos e correu para fora, onde Bandini estava dobrado, engasgado e tremendo. Mas era bom ouvir algo acima dos engasgos... ouvir-lhe a raiva, os xingamentos. Empolgou-se ao ouvir seu pai jurar vingança. Vou matá-la, por Deus, vou matá-la! Estava adquirindo controle sobre si mesmo. A neve interrompera o fluxo de sangue. Ficou de pé, arquejante, examinando as roupas ensanguentadas, as mãos salpicadas de carmesim.

— Alguém vai pagar por isso — disse ele. — *Sangue de la Madonna*! Isso não vai ficar assim.

— Papai...

— O que quer?

— Nada.

— Então volte para casa. Volte para aquela mãe louca de vocês.

Foi tudo. Rompeu caminho através da neve até a calçada e caminhou rua abaixo. O menino o observou ir embora, o rosto erguido na noite. Era o seu jeito de caminhar, cambaleando apesar da determinação. Mas não, depois de alguns metros ele se virou.

— Vocês, garotos, tenham um feliz Natal. Peguem aquele dinheiro e vão à cidade comprar o que quiserem.

Seguiu em frente de novo, o queixo empinado, deslizando no ar frio, suportando um ferimento profundo que não sangrava.

O menino voltou para casa. O dinheiro não estava no chão. Um olhar para Federico, que soluçava amargamente segurando um pedaço rasgado de uma nota de cinco dólares, revelou-lhe o que tinha acontecido. Abriu a estufa. As cinzas negras de papel queimado fumegavam fracamente. Fechou a estufa e examinou o chão, vazio, a não ser por manchas de sangue que se coagulavam. Tomado de ódio, fuzilou a mãe com o olhar. Ela não se mexeu, nem fez nenhum sinal com os olhos, mas seus lábios abriam e fechavam, pois havia retomado o rosário.

— Feliz Natal! — zombou ele.

Federico uivava. August estava chocado demais para falar.

Sim: um feliz Natal. Ah, bata nela, papai! Eu e você, papai, porque sei como se sente, porque aconteceu comigo também, mas devia ter feito o que eu fiz, papai, derrubado ela como eu fiz, que ia se sentir melhor. Porque você está me matando, papai, com seu rosto ensanguentado, caminhando por aí sozinho, está me matando.

Saiu para a varanda e sentou-se. A noite estava cheia de seu pai. Viu as manchas vermelhas na neve onde Bandini desabara e se curvara para erguê-la até o rosto. O sangue de papai, meu sangue. Desceu da varanda e chutou neve nova sobre a mancha até que ela desapareceu. Ninguém devia ver isso: ninguém. Então, voltou para casa.

Sua mãe não tinha se mexido. Como a odiava! Com um puxão, arrancou o rosário de sua mão e o desfez em pedaços. Ela o observou, com um ar de mártir. Levantou-se e o seguiu até o lado de fora, o rosário quebrado no punho dele. Jogou-o longe na neve, espalhando as contas como sementes. Ela passou por ele e caminhou até a neve.

Assombrado, viu-a afundar até os joelhos na brancura, olhando ao redor como que aturdida. Aqui e ali encontrava uma conta, sua mão em concha apanhando punhados de neve. Aquilo o revoltou. Ela estava enfiando a mão no mesmo lugar onde o sangue de seu pai havia colorido a neve.

Ao inferno com ela. Estava indo embora. Queria o seu pai. Vestiu-se e desceu a rua. Feliz Natal. A cidade estava pintada de verde e branco, em festa. Cem dólares no fogo... mas e quanto a ele e seus irmãos? A senhora podia ser santa e firme, mas por que deviam todos eles sofrer? Sua mãe tinha Deus demais em si.

Para onde agora? Não sabia, mas não em casa com ela. Podia entender seu pai. Um homem tinha de fazer alguma coisa: nunca ter nada para fazer era monótono demais. Tinha de admitir: se *ele* pudesse escolher entre Maria e Effie Hildegarde, seria Effie toda vez. Quando as mulheres italianas chegavam a uma certa idade, suas pernas afinavam como as de sua mãe e suas barrigas cresciam, seus seios caíam e elas perdiam o viço. Tentou imaginar Rosa Pinelli aos 40. Suas pernas estariam finas como as de sua mãe; seu estômago volumoso. Mas não podia imaginar. Aquela Rosa, tão adorável! Desejou que em vez disso ela morresse. Viu a doença consumindo-a, até que chegaria a hora do enterro. Aquilo o faria feliz. Iria ao seu leito de morte e ficaria de pé ao lado dele. Ela tomaria fragilmente a mão dele entre seus dedos quentes e lhe diria que ia morrer, e ele responderia que pena, Rosa; você teve sua chance, mas sempre me lembrarei de você, Rosa. Então o funeral, a choradeira e Rosa baixada à terra. Mas seria frio diante de tudo, ficaria parado ali e sorriria um pouco com seus grandes sonhos. Anos depois no estádio Yankee, acima dos gritos da multidão, se lembraria de uma jovem agonizante que segurara sua mão e implorara perdão; apenas por poucos segundos se deteria naquela lembrança e então se voltaria para as mulheres na multidão e acenaria com a cabeça, suas mulheres, nem uma só italiana entre elas; seriam louras, altas e sorridentes, dúzias delas, como Effie Hildegarde, e nenhuma italiana na multidão.

Bata nela, papai! Estou com você, meu velho. Um dia estarei fazendo isso também, vou estar muito bem com uma beleza como ela e não vai ser do tipo de arranhar meu rosto e não será do tipo que me chame de pequeno ladrão.

E, no entanto, como sabia que Rosa não estava morrendo? Claro que estava, assim como todo mundo ficava minuto a minuto mais perto da sepultura. Mas vamos supor, só de brincadeira, que Rosa estivesse realmente morrendo! E quanto a seu amigo Joe Tanner no ano passado? Morto pedalando uma bicicleta; um dia estava vivo, no dia seguinte, não. E quanto a Nellie Frazier? Uma pequena pedra no sapato; ela não a tirou; envenenamento do sangue e de repente estava morta e lá iam eles a mais um enterro.

Como sabia que Rosa não fora atropelada por um automóvel depois que a vira naquela última e terrível vez? Havia uma possibilidade. Como sabia que não morrera eletrocutada? Isso acontecia muito. Por que não podia acontecer com ela? Claro que realmente não queria que ela morresse, não realmente, e pelo sinal da cruz e espero morrer, mas ainda assim havia uma possibilidade. Pobre Rosa, tão jovem e bonita... e morta.

Estava no centro da cidade, perambulando, nada acontecendo por ali, apenas pessoas apressadas com embrulhos. Estava diante da Wilkes Hardware Company, olhando a vitrine de artigos esportivos. Começou a nevar. Olhou para as montanhas. Estavam toldadas por nuvens negras. Uma estranha premonição tomou conta dele: Rosa Pinelli estava morta. Tinha certeza de que ela estava morta. Tudo o que precisava fazer era caminhar três quarteirões da Pearl Street e dois quarteirões para leste na rua Doze e ficaria provado. Podia caminhar até lá e na porta da frente da casa dos Pinelli haveria uma coroa de funeral. Estava tão seguro que partiu naquela direção imediatamente. Rosa estava morta. Era um profeta, capaz de entender coisas esquisitas. E assim finalmente aconteceu: o que desejava se tornara verdade e ela se fora.

Bem, bem, que mundo engraçado. Ergueu os olhos para o céu, para os milhões de flocos de neve planando na direção da terra. O fim de Rosa Pinelli. Falou em voz alta, dirigindo-se a ouvintes imaginários. Eu estava parado na frente da Wilkes Hardware e de repente tive aquele pressentimento. Então caminhei até a casa dela e, com toda a certeza, havia uma coroa na porta. Uma garota excelente, a Rosa. Claro que detesto vê-la morrer. Apressou-se agora, a premonição enfraquecendo, e caminhou mais rápido, em alta velocidade, para que aquilo perdurasse. Estava chorando: Oh, Rosa, por favor, não morra, Rosa. Esteja viva quando eu chegar! Aqui vou eu, Rosa, meu amor. Vim do estádio Yankee num avião fretado. Aterrissei bem no gramado do Palácio da Justiça — quase matei 300 pessoas que estavam lá me vendo. Mas consegui, Rosa. Consegui chegar e aqui estou ao lado de sua cama e o médico diz que você vai sobreviver, então preciso ir embora, para nunca mais voltar. De volta aos Yanks, Rosa. Para a Flórida, Rosa. Treinamento da primavera. Os Yanks precisam de mim também: mas você sabe onde estou, Rosa, é só ler os jornais que vai ficar sabendo.

Não havia coroa fúnebre na porta dos Pinelli. O que ele viu lá, e abriu a boca horrorizado até que sua vista clareasse através da neve ofuscante, foi uma coroa de Natal. Ficou feliz, afastando-se apressadamente na nevasca. Claro que estou feliz! Quem quer ver alguém morrer? Mas não estava feliz, não estava feliz de modo algum. Não era uma estrela dos Yankees. Não viera num avião fretado. Não ia para a Flórida. Isto era a véspera de Natal em Rocklin, Colorado. Nevava como o diabo e seu pai estava vivendo com uma mulher chamada Effie Hildegarde. O rosto de seu pai fora rasgado pelos dedos de sua mãe e naquele momento sabia que sua mãe estava rezando, que seus irmãos estavam chorando e as cinzas na estufa da sala da frente um dia haviam sido cem dólares.

Feliz Natal, Arturo!

Capítulo Oito

Uma estrada solitária na extremidade oeste de Rocklin, estreita e afunilada, estrangulada pela neve que caía. Agora a neve cai pesadamente. A estrada rasteja para oeste e para cima, uma estrada escarpada. Além dela estão as montanhas. A neve! Sufoca o mundo e existe um vazio pálido à frente, apenas a estrada estreita se afunilando rapidamente. Uma estrada complicada, cheia de curvas e declives ao se desviar dos pinheiros anões postados com braços brancos ávidos para capturá-la.

Maria, o que você fez com Svevo Bandini? O que fez com o meu rosto?

Um homem troncudo segue cambaleando, seus ombros e braços cobertos pela neve. Neste local a estrada é íngreme; ele peita o caminho, a neve funda puxando-lhe as pernas, um homem vadeando através de água que não se derreteu.

Para onde agora, Bandini?

Pouco tempo atrás, não mais do que quarenta e cinco minutos, descera correndo esta estrada, convencido de que, como Deus era o seu juiz, nunca mais voltaria. Quarenta e cinco minutos — sequer uma hora, e muito havia acontecido e estava retornando ao longo de uma estrada que esperara pudesse ser esquecida. Maria, o que você fez?

Svevo Bandini, um lenço tinto de sangue escondendo seu rosto, e a ira do inverno escondendo Svevo Bandini enquanto subia a estrada de volta à casa da viúva Hildegarde, falando com os flocos de neve enquanto subia. Conte então aos flocos de neve, Bandini; conte-lhes ao agitar suas mãos frias. Bandini soluçava... um homem crescido, com 42 anos, chorando porque era véspera de Natal e ele voltava ao pecado, porque teria preferido estar com os filhos.

Maria, o que você fez?

Foi assim, Maria: há 10 dias sua mãe escreveu aquela carta e eu fiquei zangado e deixei a casa, porque não consigo suportar aquela mulher. Preciso ir embora quando ela chega. Por isso fui embora. Tenho um monte de problemas, Maria. Os meninos. A casa. A neve: olhe só a neve esta noite, Maria. Posso assentar um tijolo nela? Estou preocupado, e sua mãe está chegando e digo a mim mesmo, eu digo: acho que vou até a cidade tomar uns drinques. Porque tenho problemas. Porque tenho filhos.

Ah, Maria.

Fora até o centro da cidade, ao Salão de Bilhar Imperial, e lá encontrara seu amigo Rocco Saccone, e Rocco dissera que deviam ir ao seu quarto tomar um drinque, fumar um charuto, conversar. Velhos amigos, ele e Rocco: dois homens num quarto cheio de fumaça de charuto bebendo uísque num dia frio, conversando. Época de Natal: algumas doses. Feliz Natal, Svevo. *Gratia*, Rocco. Feliz Natal.

Rocco olhou no rosto do amigo e perguntou o que o preocupava, e Bandini lhe contou: nenhum dinheiro, Rocco, os meninos e a época de Natal. E a sogra... que se dane. Rocco era um homem pobre também, mas não tão pobre quanto Bandini, e ofereceu-lhe 10 dólares. Como podia Bandini aceitar? Já havia tomado emprestado muito do seu amigo, e agora isso. Não, obrigado, Rocco. Tomo a sua bebida, já é o bastante. E então, a *la salute*! Pelos velhos tempos.

Um drinque, depois outro, dois homens num quarto com os pés no radiador fumegante. Então a campainha sobre a porta do quarto de hotel de Rocco tocou. Uma vez, depois outra: o telefone. Rocco saltou e apressou-se pelo corredor até o telefone. Depois de um tempo, voltou, o rosto suave e agradável. Rocco recebia muitos telefonemas no hotel, pois publicava um anúncio no *Rocklin Herald*:

> Rocco Saccone, alveneiro e pedreiro.
> Todo tipo de trabalho de consertos.
> Trabalho em concreto, uma especialidade.
> Telefonar para o Hotel R.M.

Foi assim, Maria. Uma mulher chamada Hildegarde havia ligado para Rocco e dito a ele que sua lareira não estava funcionando. Rocco podia ir consertá-la imediatamente?

Rocco, seu amigo.

— Vá você, Svevo — disse. — Talvez possa ganhar uns dólares antes do Natal.

Foi assim que começou. Com a sacola de ferramentas de Rocco nas costas, deixou o hotel, atravessou a cidade até a extremidade oeste, pegou esta mesma estrada num fim de tarde há 10 dias. Subiu esta mesma estrada e lembrou-se de um esquilo parado debaixo daquela mesma árvore ali adiante, vendo-o passar. Alguns dólares para consertar uma lareira; talvez três horas de trabalho, talvez mais — alguns dólares.

A viúva Hildegarde? Claro que sabia quem era, mas quem em Rocklin não sabia? Uma cidade de 10 mil pessoas e uma mulher dona de quase toda a terra — quem dentre aqueles 10 mil podia deixar de conhecê-la? Mas não a conheciam o suficiente para lhe dar um bom-dia, essa era a verdade.

Esta mesma estrada, há 10 dias, com um pouco de cimento e 30 quilos de ferramentas de pedreiro nas costas. Era a primeira vez que via o chalé de Hildegarde, um local famoso em Rocklin porque tinha um belo acabamento de pedras. Ao chegar ali no final da tarde, aquela casa baixa construída de lousa branca e situada entre pinheiros altos parecia o lugar dos seus sonhos: um lugar irresistível, do tipo que ele teria um dia, se pudesse pagar. Ficou um longo tempo parado, olhando e olhando a casa, desejando que tivesse de alguma forma participado da sua construção, o deleite do trabalho em pedra, de manusear aquelas longas lajes brancas, tão macias debaixo das mãos de um pedreiro e, no entanto, fortes o suficiente para sobreviver a uma civilização.

O que pensa um homem quando se aproxima da porta branca de uma casa dessas e estende a mão para a aldrava de latão polida em forma de cabeça de raposa?

Errado, Maria.

Nunca havia falado com aquela mulher antes daquele momento em que ela abriu a porta. Uma mulher mais alta do que ele, roliça e grande. Sim: uma bela mulher. Não como Maria, mas ainda assim uma bela mulher. Cabelos escuros, olhos azuis, uma mulher com a aparência de alguém que tinha dinheiro.

Sua sacola de ferramentas o delatou.

Então era Rocco Saccone, o pedreiro. Como vai?

Não, mas era o melhor amigo de Rocco. Rocco estava doente.

Não importava quem fosse, contanto que pudesse consertar uma lareira. Entre, sr. Bandini, a lareira fica ali adiante. Ele entrou, o chapéu numa das mãos, a sacola de ferramentas na outra. Uma bonita casa, tapetes indígenas sobre o assoalho, grandes vigas através do teto, o madeiramento trabalhado em laca amarela brilhante. Devia ter custado 20... ou até 30 mil dólares.

Existem coisas que um homem não pode contar a sua mulher. Maria entenderia aquele surto de humildade enquanto atravessava a bela sala, o embaraço ao tropeçar quando seus sapatos gastos, úmidos da neve, não conseguiram se firmar no assoalho amarelo reluzente? Podia contar a Maria que a mulher atraente sentiu uma súbita pena dele? Era verdade: embora estivesse de costas, sentiu o rápido constrangimento da viúva por ele, por sua estranheza desajeitada.

— Um tanto liso, não é?

A viúva riu.

— Eu vivo caindo.

Mas aquilo foi para ajudá-lo a disfarçar o embaraço. Uma pequena coisa, uma cortesia para fazê-lo sentir-se à vontade.

Não havia nada de muito sério com a lareira, alguns tijolos soltos no forro do fumeiro, uma questão de uma hora de trabalho. Mas existem os truques do ofício e a viúva era rica. Aprumando-se depois da inspeção, disse a ela que o serviço custaria 15 dólares, incluindo o preço do material. Ela não objetou. Veio-lhe então o pensamento revoltante de que a razão para a liberalidade dela fora a condição dos seus sapatos: vira as solas gastas quando ele se ajoelhou para examinar a lareira. Sua maneira de olhar para ele, de alto a baixo, aquele sorriso compadecido, possuíam um entendimento que fez o inverno atravessar sua carne. Não podia contar aquilo a Maria.

— Sente-se, sr. Bandini.

Achou a poltrona de leitura voluptuosamente confortável, uma poltrona do mundo da viúva, e estirou-se nela e examinou a sala brilhante entulhada ordenadamente de livros e bricabraque. Uma mulher fina refestelada no luxo de sua educação. Estava sentada no divã, as pernas roliças em seus invólucros de seda pura, pernas ricas que zuniam de seda quando as cruzava diante de seus olhos admirados. Pediu-lhe que se sentasse e conversasse com ela. Ficou tão agradecido de que não pudesse falar, apenas emitir grunhidos felizes diante de tudo o que ela dizia, suas palavras ricas e precisas fluindo de sua garganta profunda e exuberante. Pôs-se a ruminar sobre ela, seus olhos arregalados de curiosidade pelo seu mundo protegido, tão liso e brilhante, como a rica seda que definia a luxúria arredondada de suas belas pernas.

Maria iria zombar se soubesse do que a viúva falou, pois ele sentiu a garganta bloqueada, sufocada com a estranheza da cena: ela, à sua frente, a rica sra. Hildegarde, que valia uma centena, talvez duas centenas de milhares de dólares, a não mais do que um metro e meio de distância... tão perto que podia ter se inclinado e tocado nela.

Então ele era italiano? Esplêndido. No ano passado ela viajara pela Itália. Uma beleza. Devia se orgulhar de sua herança. Sabia que o berço da civilização ocidental era a Itália? Chegara a ver o Campo Santo, a catedral de São Pedro, as pinturas de Michelângelo, o Mediterrâneo azul? A Riviera italiana?

Não, não tinha visto nada disso. Em poucas palavras, contou-lhe que era dos Abruzos, que nunca fora mais para o norte, nunca estivera em Roma. Trabalhara duro quando menino. Não sobrara tempo para mais nada.

Os Abruzos! A viúva sabia tudo. Então certamente ele tinha lido as obras de D'Annunzio — era também dos Abruzos.

Não, não tinha lido D'Annunzio. Ouvira falar, mas nunca lera nada dele. Sim, sabia que o grande homem era da sua província. Aquilo o agradava. Ficava agradecido a D'Annunzio. Agora tinham algo em comum, mas para seu desânimo se via incapaz de falar mais sobre o assunto. Durante um minuto inteiro a viúva o observou, seus olhos azuis sem expressão enquanto se concentravam nos seus lábios. Ele virou a cabeça, confuso, seu olhar acompanhando as pesadas vigas que atravessavam a sala, as cortinas com babados, os penduricalhos espalhados em cuidadosa profusão por toda a parte.

Uma boa mulher, Maria: uma boa mulher que veio ao seu socorro e tornou a conversação fácil. Gostava de trabalhar com tijolos? Tinha uma família? Três filhos? Maravilhoso. Ela também quisera ter filhos. Sua mulher era italiana também? Morava em Rocklin há muito tempo?

O tempo. Ela falou do tempo. Ah. Ele falou então desabafando o seu tormento em relação ao tempo. Quase choramingando, lamentou sua estagnação, seu ódio feroz dos dias sem sol. Até que, assustado por sua amarga torrente, ela olhou para o relógio e lhe disse que voltasse na manhã seguinte para começar o trabalho na lareira. Na porta, chapéu na mão, ficou à espera das palavras de despedida dela.

— Coloque o chapéu, sr. Bandini. — Ela sorriu. — Vai pegar um resfriado.

Sorrindo, suas axilas e seu pescoço inundados de suor nervoso, enfiou o chapéu na cabeça, confuso e sem encontrar as palavras.

Ficou com Rocco aquela noite. Com Rocco, Maria, não com a viúva. No dia seguinte, depois de encomendar tijolos refratários no depósito de madeira, voltou ao chalé da viúva para reparar a lareira. Espalhando uma lona sobre o tapete, misturou a argamassa num balde, arrancou os tijolos soltos no forro do fumeiro e colocou tijolos novos no lugar. Decidido a fazer o trabalho demorar um dia inteiro, arrancou todos os tijolos. Podia ter acabado em uma hora, podia ter arrancado apenas dois ou três tijolos, mas ao meio-dia estava apenas na metade do trabalho. Então a viúva apareceu, vindo quietamente de um dos quartos de aroma doce. De novo a vibração na garganta. De novo nada mais pôde fazer senão sorrir. Como estava indo o trabalho? Fizera um trabalho cuidadoso: nenhum salpico de argamassa manchava as faces dos tijolos que assentara. Até a lona estava limpa, os tijolos velhos empilhados em ordem de um lado. Ela percebeu e isso o agradou. Nenhuma paixão o tentava quando ela se abaixou para examinar os novos tijolos dentro da lareira, seu traseiro macio, delineado, tão redondo enquanto se agachava. Não, Maria, nem mesmo os saltos altos, a blusa fina, o perfume nos cabelos escuros dela o induziram a um pensamento errante de infidelidade. Como antes, a observava com admiração e curiosidade: essa mulher com uma centena, duas centenas de milhares de dólares no banco.

Seu plano de ir à cidade para o almoço era impensável. Assim que ela o ouviu insistiu para que ficasse como seu convidado. Seus olhos não podiam encarar o azul frio dos olhos dela. Curvou a cabeça, escarvou a lona com o bico do sapato e implorou que o liberasse. Almoçar com a viúva Hildegarde? Sentar-se diante dela à mesa e colocar comida na boca enquanto essa mulher estava sentada à sua frente? Mal podia sussurrar a sua recusa.

— Não, não. Por favor, sra. Hildegarde, obrigado. Muito obrigado. Por favor, não. Obrigado.

Mas ficou, não ousando ofendê-la. Sorrindo ao estender as mãos empastadas de argamassa, perguntou-lhe se podia lavá-las e ela o conduziu ao longo do corredor branco, imaculado, até o banheiro. O aposento era como uma caixa de joias: cerâmica amarela reluzente, a pia amarela, cortinas de organdi cor de alfazema sobre a janela alta, uma gamela de flores púrpura na penteadeira espelhada, garrafas de perfume com alças amarelas, conjunto de pente e escova amarelos. Virou-se rapidamente e só faltou fugir dali. Não podia ter ficado mais chocado se ela ficasse nua na sua frente. Aquelas suas mãos encardidas não mereciam tudo isso. Preferia a pia da cozinha, como fazia em casa. Mas a desenvoltura dela o tranquilizou e ele entrou receoso, na ponta dos pés, e ficou diante da pia com uma indecisão torturante. Com o ombro abriu a torneira, evitando marcá-la com os dedos. O sabonete verde perfumado, nem pensar: fez o melhor que pôde apenas com a água. Quando terminou, secou as mãos nas fraldas da camisa, ignorando as toalhas verdes macias que pendiam da parede. A experiência o deixou temeroso do que pudesse acontecer no almoço. Antes de deixar o banheiro, ficou de joelhos e enxugou um salpico ou dois de água com a manga da camisa...

Um almoço de folhas de alface, abacaxi e ricota. Sentado no recanto do café da manhã, um guardanapo cor-de-rosa sobre os joelhos, comeu com a suspeita de que fosse uma brincadeira, que a viúva estivesse se divertindo à sua custa. Mas ela comeu também e com tanto apetite que aquilo parecia palatável. Se Maria lhe tivesse servido tal comida, a teria jogado pela janela. Então a viúva trouxe chá numa xícara de porcelana fina. Havia dois bolinhos no pires, não maiores do que a ponta do seu polegar. Chá com bolinhos. *Diavolo*! Sempre associara chá com efeminação e fraqueza, e não era chegado a doces. Mas a viúva, mastigando um bolinho entre dois dedos, sorriu graciosamente enquanto ele enfiou os bolinhos na boca como alguém engolindo pílulas desagradáveis.

Muito antes que ela terminasse o segundo bolinho, ele acabara os seus, enxugara a xícara de chá e recostara-se na cadeira apoiada apenas nas duas pernas traseiras, seu estômago miando e cocoricando em protesto diante de tão estranhos visitantes. Não haviam se falado durante o lanche, nem uma palavra. Deu-se conta de que não havia nada a ser dito entre eles. De vez em quando ela sorria, uma vez por cima da borda da xícara. Aquilo o deixou embaraçado e triste: a vida dos ricos, concluiu, não era para ele. Em casa, teria comido ovos fritos, um pedaço de pão, acompanhado com um copo de vinho.

Quando ela terminou, tocando os cantos dos lábios carmesins com a ponta do guardanapo, perguntou-lhe se gostaria de mais alguma coisa. Seu impulso foi responder "O que mais a senhora tem?", mas, em vez disso, bateu no estômago, estufando-o e acariciando-o.

— Não, obrigado, sra. Hildegarde. Estou cheio... cheio até as orelhas.

Aquilo a fez sorrir. Com punhos de juntas avermelhadas no cinto, continuou recostado para trás na cadeira, chupando os dentes e louco por um charuto.

Uma mulher fina, Maria. Uma mulher que adivinhava cada desejo seu.

— O senhor fuma? — perguntou ela, oferecendo um maço de cigarros que tirou da gaveta da mesa. Do bolso da camisa ele puxou o toco de um charuto Toscanelli retorcido, mordeu a ponta e a cuspiu no chão, acendeu um fósforo e lançou-se em baforadas. Ela insistiu para que ele ficasse onde estava, confortável e à vontade, enquanto tirava os pratos, o cigarro pendendo do canto da boca. O charuto aliviou sua tensão. Cruzando os braços, observou-a mais francamente, estudando os quadris macios, os suaves braços brancos. Mesmo então seus pensamentos eram limpos, nenhuma sensualidade vagabunda turvava sua mente. Era uma mulher rica e estava perto dela, sentado na sua cozinha; era grato pela proximidade: por isso e por nada mais, conforme Deus era seu juiz.

Depois de fumar o charuto, voltou ao trabalho. Às quatro e meia tinha terminado. Juntando as ferramentas, esperou que ela voltasse à sala. Toda a tarde ele a ouvira em outra parte da casa. Por algum tempo esperou, clareando a garganta bem alto, deixando cair a colher de pedreiro, cantando uma música com as palavras "Acabou, oh, está tudo acabado, tudo acabado, acabado". A comoção finalmente a trouxe até a sala. Veio com um livro na mão, usando óculos de leitura. Esperava ser pago imediatamente. Em vez disso, ficou surpreso quando ela lhe pediu que se sentasse por um momento. Nem chegou a olhar para o trabalho que fizera.

— O senhor é um trabalhador esplêndido, dr. Bandini. Esplêndido. Estou muito satisfeita.

Maria poderia zombar, mas aquelas palavras quase arrancaram lágrimas de seus olhos.

— Faço o que posso, sra. Hildegarde. Faço o melhor que posso.

Mas ela não fez qualquer menção de lhe pagar. Uma vez mais os olhos azul-claros. A maneira direta com que olhava para ele o fez desviar o olhar para a lareira. Os olhos permaneceram sobre ele, estudando-o vagamente, como que em transe, como se tivesse mergulhado em distantes devaneios. Ele caminhou até a lareira e fixou o olhar ao longo da prateleira, como se para verificar o seu nível, mordendo os lábios com ar professoral. Quando o subterfúgio já não lhe parecia uma coisa sensata, voltou à poltrona e afundou-se nela mais uma vez. O olhar da viúva o acompanhou mecanicamente. Queria falar, mas o que havia a dizer?

Finalmente, ela quebrou o silêncio: tinha outro trabalho para ele. Havia uma casa sua na cidade, na Windsor Street. Lá, também, a lareira não estava funcionando. Poderia ir até lá amanhã e examiná-la? Ela se levantou, atravessou a sala até uma escrivaninha junto à janela e anotou o endereço. Estava de costas para ele, o corpo dobrado na cintura, os quadris arredondados florescendo sensualmente, e embora Maria pudesse arrancar seus olhos e cuspir nas órbitas vazias, ele podia jurar que nenhuma maldade lhe turvara o olhar, nenhuma luxúria se ocultava no seu coração.

Naquela noite, deitado na escuridão ao lado de Rocco Saccone, os roncos plangentes do amigo mantendo-o acordado, havia porém outra razão por que Svevo Bandini não conseguia dormir, e era a promessa do amanhã. Ficou deitado grunhindo contente no escuro. *Mannaggia*, não era nenhum tolo; era esperto o suficiente para perceber que deixara sua marca na viúva Hildegarde. Ela podia ter pena dele, podia ter lhe dado novo trabalho só porque sentiu que ele precisava, mas, o que quer que fosse, não discutia a sua habilidade; ela o chamara de trabalhador esplêndido e o recompensara com mais trabalho.

Deixa o inverno soprar! Deixa a temperatura cair até congelar. Deixa a neve se amontoar e soterrar a cidade! Ele não ligava: amanhã haveria trabalho. E depois daquilo haveria sempre trabalho. A viúva Hildegarde gostara dele; respeitava sua capacidade. Com o dinheiro dela e sua capacidade, sempre haveria trabalho suficiente para rir do inverno.

Às sete da manhã, entrou na casa na Windsor Street. Ninguém morava ali; a porta da frente estava aberta quando a experimentou. Nenhuma mobília: apenas quartos vazios. Não conseguiu achar algo de errado com a lareira. Não era tão elaborada como aquela na casa da viúva, mas era bem-feita. A argamassa não havia rachado e os tijolos reagiam solidamente à batida do martelo. Então, qual era o problema? Encontrou lenha no galpão dos fundos e acendeu o fogo. A chaminé puxou a chama vorazmente. O calor tomou conta da sala. Nada de errado.

Às oito horas, estava de novo na casa da viúva. Encontrou-a num roupão azul, fresca e sorrindo o seu bom-dia, sr. Bandini! Mas não deve ficar parado aí no frio. Entre e tome uma xícara de café! Os protestos morreram em seus lábios. Espanou a neve dos sapatos molhados e seguiu o roupão azul flutuante até a cozinha. De pé, encostado na pia, tomou o café, derramando-o num pires e soprando para esfriá-lo. Não olhou para ela abaixo dos ombros. Não ousava. Maria nunca acreditaria nisso. Nervoso e sem fala, comportava-se como um homem.

Contou-lhe que não achou defeito na lareira da Windsor Street. Sua honestidade o agradava, vindo depois do exagerado trabalho do dia anterior. A viúva pareceu surpresa. Estava certa de que havia algo errado com a lareira da Windsor Street. Pediu-lhe que esperasse enquanto se vestia. Ela o levaria de volta à Windsor Street e mostraria qual era o problema. Agora olhava para seus pés molhados.

— Sr. Bandini, o senhor não usa sapatos número 43?

O sangue subiu-lhe ao rosto e ele se engasgou com o café. Rapidamente ela se desculpou. Era seu principal defeito... essa obsessão em perguntar às pessoas o número dos seus sapatos. Era uma espécie de jogo de adivinhação que fazia consigo mesma. Poderia perdoá-la?

O episódio chocou-o profundamente. Para esconder sua vergonha, sentou-se rapidamente à mesa, os sapatos molhados debaixo dela, fora de vista. Mas a viúva sorriu e persistiu. Acertara? Tamanho 43 estava correto?

— Claro, sra. Hildegarde.

Esperando que ela se vestisse, Svevo Bandini sentiu que estava chegando a algum lugar no mundo. A partir de agora, Helmer, o banqueiro, e todos os seus credores deviam tomar cuidado. Bandini contava com amigos poderosos também.

Mas o que tinha a esconder daquele dia? Não, sentia-se orgulhoso daquele dia. Ao lado da viúva, no carro dela, rodou pelo centro da cidade, pela Pearl Street, a viúva ao volante num casaco de pele de foca. Se Maria e os filhos o tivessem visto conversando à vontade com ela, teriam ficado orgulhosos dele. Poderiam ter erguido o queixo com orgulho e dito: lá vai o nosso pai! Mas Maria arrancara a carne do seu rosto.

O que aconteceu na casa vazia na Windsor Street? Levou a viúva para um quarto vazio e a violentou? Beijou-a? Então vá até aquela casa, Maria. Fale com os quartos frios. Arranque as teias de aranha dos cantos e faça-lhes perguntas; interrogue os assoalhos nus, as vidraças embaçadas pelo frio; pergunte a elas se Svevo Bandini fez alguma coisa de errado.

A viúva ficou de pé diante da lareira.

— Está vendo? — disse ele. — O fogo que acendi ainda está queimando. Nada de errado. Funciona perfeitamente.

Ela não ficou satisfeita:

— Aquela coisa preta — disse. Não ficava bem numa lareira. Ela queria que tivesse uma aparência limpa e não usada; estava à espera de um inquilino em potencial e tudo tinha de estar perfeito.

Mas era um homem honrado, sem nenhum desejo de enganar essa mulher.

— Todas as lareiras ficam enegrecidas, sra. Hildegarde. É a fumaça. Todas ficam assim. Não é possível evitar.

Não, não ficava bem.

Falou-lhe sobre ácido muriático. Uma solução de ácido muriático e água. Aplicada com uma escova: aquilo removeria o negrume. Não mais do que duas horas de trabalho...

Duas horas? Aquilo não serviria. Não, sr. Bandini. Ela queria todos os tijolos removidos e tijolos novos no lugar. Ele sacudiu a cabeça diante da sua extravagância.

— Vai levar um dia e meio, sra. Hildegarde. Vai lhe custar 25 dólares, o material incluído.

Ela enrolou o casaco em volta do corpo, tremendo na sala fria.

— Não se preocupe com o custo, sr. Bandini — disse ela. — Tem de ser feito. Meus inquilinos merecem o melhor.

O que podia dizer diante daquilo? Maria esperava que ele não aceitasse o trabalho, que se recusasse a fazê-lo? Agia como um homem sensato, contente com essa oportunidade de ganhar mais dinheiro. A viúva levou-o de carro até o depósito de madeira.

— Faz tanto frio naquela casa — disse ela. — O senhor devia ter algum tipo de aquecedor.

Sua resposta foi uma confusão desajeitada a partir da qual deixou claro que se existe trabalho, existe calor, que se um homem tem liberdade de movimento isso basta, pois então seu sangue fica quente também. Mas a preocupação dela o deixou acalorado e engasgado ao seu lado no carro, sua presença perfumada provocando-o enquanto suas narinas sorviam sem parar a fragrância luxuriante de sua pele e de suas vestimentas. Suas mãos enluvadas conduziram o carro até o meio-fio da Gage Lumber Company.

O velho Gage estava parado junto à janela quando Bandini desceu do carro e curvou-se dando adeus à viúva. Ela o nocauteou com um sorriso implacável que dobrou seus joelhos, mas ele marchava como um galo desafiador quando entrou no escritório, bateu a porta com um ar de bravata, puxou um charuto, riscou um fósforo no topo do balcão, tragou o fumo pensativamente, soprando uma baforada no rosto do velho Gage, que piscou e desviou a vista depois que o olhar brutal de Bandini penetrou no seu crânio. Bandini grunhiu com satisfação. Devia dinheiro à Gage Lumber Company? Então deixem o velho Gage tomar conhecimento dos fatos. Deixem que se lembre que com seus próprios olhos viu Bandini entre pessoas de poder. Encomendou 100 tijolos refratários, um saco de cimento e um metro cúbico de areia para ser entregue no endereço da Windsor Street.

— E vamos apressar isso — falou por cima do ombro. — Preciso do material dentro de uma hora.

Caminhou arrogantemente de volta à casa da Windsor Street, o queixo empinado, a fumaça forte e azul do seu Toscanelli rolando por cima do ombro. Maria devia ter visto a expressão de cão surrado no rosto do velho Gage, a alacridade obsequiosa com que anotou a encomenda de Bandini.

O material já estava sendo entregue quando chegou à casa vazia, o caminhão da Gage Lumber Co. encostado de ré na calçada da frente. Arrancando o casaco, mergulhou na tarefa. Esse, prometeu, seria um dos mais bem-acabados pequenos trabalhos de alvenaria no estado do Colorado. Cinquenta anos a partir de hoje, 100 anos a partir de hoje, 200 anos, a lareira ainda estaria de pé. Pois quando Svevo Bandini fazia um trabalho, ele o fazia bem.

Cantou enquanto trabalhava, uma canção da primavera: *Torna a Sorrento*. A casa vazia suspirava com eco, os quartos frios enchendo-se com o som de sua voz, a batida do seu martelo, o tinido da sua colher. Dia de gala: o tempo passava rapidamente. A sala ficou aquecida com o calor da sua energia, as vidraças choraram de alegria enquanto o gelo derretia e a rua se tornava visível.

Um caminhão se aproximou da calçada. Bandini parou o trabalho para ver o motorista de jaqueta verde erguer um objeto reluzente e carregá-lo para a casa. Um caminhão vermelho da Watson Hardware Company. Bandini depôs sua colher. Não havia feito nenhum pedido à Watson Hardware Company. Não... nunca encomendaria nada àquela gente, os Watson. Tinham embargado seu pagamento certa vez por causa de uma nota que não pudera honrar. Odiava a Watson Hardware Company, um de seus piores inimigos.

— Seu nome é Bandini?

— E o que tem a ver com isso?

— Nada. Assine aqui.

Um aquecedor a óleo da sra. Hildegarde para Svevo Bandini. Assinou o papel e o motorista foi embora. Bandini ficou parado diante do aquecedor como se fosse a própria viúva. Assobiou de espanto. Isso era demais para qualquer homem... demais.

— Uma mulher fina — disse, sacudindo a cabeça. — Uma mulher muito fina.

Subitamente havia lágrimas em seus olhos. A colher caiu de suas mãos enquanto se punha de joelhos para examinar o aquecedor cintilante, niquelado. A senhora é a melhor mulher nesta cidade, sra. Hildegarde, e quando eu terminar essa lareira, vai ficar tremendamente orgulhosa dela!

Uma vez mais voltou ao trabalho, de vez em quando sorrindo para o aquecedor por cima do ombro, falando com ele como se fosse sua companheira: "Olá, sra. Hildegarde! Ainda está aí? Me vigiando, hein? Está de olho em Svevo Bandini, não é? Pois bem, está de olho no melhor pedreiro do Colorado, minha senhora."

O trabalho avançou mais rápido do que imaginara. Prosseguiu até ficar escuro demais para enxergar. Ao meio-dia do dia seguinte teria acabado. Juntou as ferramentas, lavou a colher e preparou-se para ir embora. Só naquela hora tardia, de pé na luz tenebrosa que vinha da lâmpada da rua, se deu conta de que havia esquecido de acender o aquecedor. Suas mãos tremiam de frio. Colocando o aquecedor dentro da lareira, ele o acendeu e ajustou a chama num brilho baixo. Estava seguro ali: podia arder toda a noite e evitar que a argamassa fresca congelasse.

Não voltou para casa, para a mulher e os filhos. Ficou de novo com Rocco naquela noite. Com Rocco, Maria; não com uma mulher, mas com Rocco Saccone, um homem. E dormiu bem; nada de cair em poços sem fundo, nem serpentes de olhos verdes deslizando atrás dele durante o sonho.

Maria podia ter perguntado por que não voltou para casa. Era problema dele. *Dio rospo*! Tinha obrigação de explicar tudo?

Na tarde seguinte, às quatro horas, estava diante da viúva com uma nota pelo trabalho. Escrevera em papel do Rocky Mountain Hotel. Não era bom de ortografia e sabia disso. Simplesmente colocou assim: Trabalho: 40,00. E assinou. Metade daquela quantia seria para pagar o material. Ganhara 20 dólares. A viúva não olhou sequer para a nota. Tirou os óculos de leitura e insistiu para que ficasse à vontade. Agradeceu pelo aquecedor. Sentia-se bem de estar na casa dela. Suas juntas não estavam geladas como antes. Seus pés tinham dominado o chão lustroso. Podia antecipar o divã macio antes que se sentasse nele. A viúva depreciou o aquecedor com um sorriso.

— Aquela casa parecia uma geladeira, Svevo.

Svevo. Ela o chamara pelo nome de batismo. Riu na hora. Não quisera rir, mas a excitação de ver a boca da viúva pronunciando seu nome o fez perder o controle. O fogo crepitava na lareira. Seus sapatos úmidos estavam perto. Um vapor com cheiro acre subia deles. A viúva estava atrás dele, se movimentando; não ousou olhar. Uma vez mais perdera a voz. Aquele pingente de gelo na sua boca — aquilo era a sua língua: não conseguia se mexer. Aquele latejar quente nas têmporas, fazendo seus cabelos parecerem em chamas: era o esforço do seu cérebro: não conseguia lhe dar palavras. A bela viúva com 200 mil dólares no banco o chamara pelo nome de batismo. As toras de pinho no fogo estalavam e crepitavam seu júbilo. Ficou sentado olhando para as chamas, com um sorriso fixo no rosto, enquanto juntava as grandes mãos, os ossos estalando de alegria. Não se mexeu, petrificado de preocupação e deleite, atormentado pela perda da voz. Finalmente, conseguiu falar:

— Belo fogo — disse. — Bom.

Nenhuma resposta. Olhou por cima do ombro. Ela não estava lá, mas a ouviu vindo do corredor e virou os olhos brilhantes e excitados para as chamas. Ela chegou trazendo uma bandeja com copos e uma garrafa. Colocou-os na prateleira da lareira e serviu duas doses. Viu o brilho dos diamantes em seus dedos. Viu seus sólidos quadris, a linha aerodinâmica, a curva de suas costas feminis, a graça carnuda do seu braço enquanto servia a bebida da garrafa gorgolejante.

— Tome, Svevo. Importa-se se eu o chamar assim?

Ele pegou a bebida castanho-avermelhada e olhou para ela, imaginando o que seria, essa bebida da cor dos seus olhos, essa bebida que as mulheres ricas sorviam em suas gargantas. Então lembrou que ela havia se dirigido a ele pelo nome de batismo. Seu sangue agitou-se, avolumando-se nos limites acalorados do seu rosto.

— Pode me chamar como quiser, sra. Hildegarde.

Aquilo o fez rir e ficou feliz por ter finalmente dito algo espirituoso no estilo americano, embora não tivesse tido a intenção. A bebida era Malaga, um vinho espanhol doce, quente e forte. Ele o sorveu cuidadosamente, e então emborcou com uma vigorosa pose campônia. Sentiu a bebida doce e quente no estômago. Estalou a língua, esfregou os grandes músculos do antebraço nos lábios.

— Meu Deus, isso é bom.

Ela serviu-lhe outra taça cheia. Ele fez os protestos convencionais, seus olhos arregalando-se de deleite enquanto o vinho caía sorridente em seu copo estendido.

— Tenho uma surpresa para você, Svevo.

Ela caminhou até a escrivaninha e voltou com um pacote embalado em papel de presente. Seu sorriso estremeceu quando rompeu os barbantes vermelhos com os dedos cobertos de joias e ela ele observou sufocado de prazer. Ela abriu o pacote e o papel de dentro enrugou-se como se pequenos animais estivessem ali se mexendo. O presente era um par de sapatos. Estendeu-os para ele, um sapato em cada mão, e observou os reflexos do fogo em seus olhos. Ele não podia suportar aquilo. Sua boca formou um espasmo de incrédula tortura, por ela saber que ele precisava de sapatos. Emitiu grunhidos de protesto, oscilou diante do divã, passou os dedos enodoados nos cabelos, arquejou com um sorriso difícil e então seus olhos desapareceram num poço de lágrimas. De novo ergueu o antebraço, esfregou-o no rosto e enxugou os olhos. Remexeu no bolso, puxou um lenço encrespado de bolinhas vermelhas e limpou as narinas com uma rajada rápida de fungadas.

— Está sendo muito tolo, Svevo — ela sorriu. — Achei que ia ficar contente.

— Não — disse ele. — Não, sra. Hildegarde. Eu compro os meus sapatos.

Colocou a mão no coração.

— A senhora me dá trabalho e eu compro meus sapatos.

Ela descartou aquilo como sentimento absurdo. A taça de vinho o descontraía. Ele a esvaziou, levantou-se, serviu-se e esvaziou de novo. Ela chegou-se a ele e colocou a mão no seu braço. Viu no rosto dela aquele sorriso solidário e uma vez mais as lágrimas lhe afloraram aos olhos e escorreram pelo rosto. Sentia pena de si mesmo. Por ter de se submeter a tamanho embaraço! Sentou-se de novo, os punhos colados ao queixo, os olhos fechados. Porque isso tinha de acontecer a Svevo Bandini!

Mas, mesmo chorando, abaixou-se para desfazer os laços dos velhos sapatos ensopados. O sapato direito saiu com um ruído de sucção, expondo a meia cinzenta com furos nos dedos, o dedão vermelho e nu. Por alguma razão, ele o abanou. A viúva riu. O divertimento dela foi a sua cura. Sua mortificação sumiu. Avidamente, entregou-se à tarefa de tirar o outro sapato. A viúva bebericava vinho e o observava.

Os sapatos eram de couro de canguru, disse ela, eram caros. Ele os colocou, sentiu sua maciez impecável. Deus do céu, que sapatos! Atou os cadarços e ficou de pé. Podia estar pisando descalço num tapete fundo de tão macios que eram, coisas tão amigas envolvendo seus pés. Caminhou pela sala, experimentando-os.

— No tamanho justo — disse. — Estão ótimos, sra. Hildegarde!

E agora? Ela virou as costas e sentou-se. Ele caminhou até a lareira.

— Vou lhe pagar, sra. Hildegarde. O que lhe custaram, a conta é minha.

Aquilo foi inadequado. No rosto dela surgiu uma expectativa e um desapontamento que ele não podia compreender.

— Os melhores sapatos que já tive — disse, sentando-se e estendendo-os à sua frente. Ela se jogou no lado oposto do divã. Numa voz cansada, pediu que lhe desse uma dose. Serviu e ela aceitou sem agradecer, nada dizendo enquanto sorvia o vinho, suspirando com leve exasperação. Ele sentiu sua inquietação. Talvez tivesse ficado tempo demais. Levantou-se para ir embora. Vagamente sentia o silêncio ardente dela. Seus maxilares estavam cerrados, seus lábios uma linha fina. Talvez estivesse doente, desejando ficar a sós. Pegou os velhos sapatos e os enfiou debaixo do braço.

— Acho que vou andando agora, sra. Hildegarde.

Ela olhou para as chamas.

— Obrigado, sra. Hildegarde. Se tiver mais algum trabalho algum dia...

— Claro, Svevo — ela ergueu o olhar e sorriu. — Você é um trabalhador soberbo, Svevo. Estou muito satisfeita.

— Obrigado, sra. Hildegarde.

E quanto ao seu pagamento pelo trabalho? Atravessou a sala e hesitou na porta. Ela não o viu partir. Segurou a maçaneta e girou-a.

— Até logo, sra. Hildegarde.

Ficou de pé num salto. Só um momento. Havia algo que queria lhe pedir. Aquela pilha de pedras no quintal, que sobrara da construção da casa. Cuidaria daquilo antes de ir embora? Talvez pudesse dizer-lhe o que fazer com aquilo. Ele seguiu os quadris arredondados ao longo do corredor até a varanda dos fundos, onde examinou as pedras pela janela, duas toneladas de lousas debaixo da neve. Pensou por um momento e fez sugestões: ela podia fazer muita coisa com aquelas pedras — fazer um passeio com elas; construir uma mureta baixa ao redor do jardim; construir um relógio de sol e bancos de jardim, uma fonte, um incinerador. O rosto dela estava pálido e assustado quando ele se afastou da janela, seu braço suavemente roçando o queixo dela. Estivera inclinada sobre o ombro dele, sem chegar a tocá-lo. Ele pediu desculpas. Ela sorriu.

— Falaremos disso depois — disse ela. — Na primavera.

Ela não se mexeu, barrando a passagem de volta ao corredor.

— Quero que faça todos os meus trabalhos, Svevo.

Seus olhos passearam sobre ele. Os sapatos novos a atraíam. Sorriu de novo.

— Como estão?

— Os melhores que já tive.

Havia ainda outra coisa. Podia esperar um momento, até que ela se lembrasse? Havia algo... algo... algo... e ela continuava estalando os dedos e mordendo o lábio pensativamente. Voltaram pelo corredor estreito. Na primeira porta, ela parou. Sua mão tateou na maçaneta. Estava escuro no corredor. Ela abriu a porta.

— Este é o meu quarto — disse.

Ele viu as batidas do coração dela em sua garganta. Seu rosto estava cinza, seus olhos brilhantes de vergonha. Sua mão cheia de joias cobriu a vibração de sua garganta. Por cima do ombro dela viu o quarto, a cama branca, a penteadeira, a cômoda. Ela entrou no quarto, acendeu a luz e fez um círculo no meio do tapete.

— É um quarto agradável, não acha?

Ele a observou, não o quarto. Observou-a, seus olhos passeando pela cama e de volta até ela. Sentiu a cabeça fervendo, a imaginação fervilhando; aquela mulher e este quarto. Ela caminhou até a cama, os quadris volteando como um ninho de serpentes enquanto caía na cama e ficava deitada ali, sua mão num gesto vazio.

— É tão agradável aqui.

Um gesto lascivo, incauto como o vinho. A fragrância do local acelerava o coração dele. Os olhos dela estavam febris, seus lábios se abriam numa expressão aflita que mostrava seus dentes. Ele não podia estar seguro. Apertou os olhos enquanto a observava. Não... ela não podia querer aquilo. Essa mulher tinha dinheiro demais. Sua riqueza impedia os seus devaneios. Tais coisas não aconteciam.

Ela ficou deitada olhando para ele, a cabeça sobre o braço estendido. O sorriso frouxo devia ser penoso, pois parecia acompanhado de uma inquietação assustada. A garganta dela reagia com um clamor de sangue; ele engoliu em seco e afastou o olhar, mirando a porta que dava para o corredor. Era melhor esquecer o que estava pensando. Essa mulher não estava interessada num homem pobre.

— Acho melhor eu ir agora, sra. Hildegarde.

— Tolo — ela sorriu.

Ele sorriu de sua confusão, o caos do seu sangue e do seu cérebro. O ar da noite iria clarear tudo aquilo. Virou-se e caminhou pelo corredor até a porta da frente.

— Seu tolo! — ouviu-a falar. — Seu camponês ignorante!

Mannaggia! E ela não lhe havia pago, ainda. Seus lábios se retorceram num escárnio. Ela podia chamar Svevo Bandini de tolo! Levantou da cama para encontrá-lo, as mãos estendidas para abraçá-lo. Um momento depois, lutava para se desvencilhar. Estremeceu numa alegria terrível quando ele recuou, sua blusa rasgada drapejando nos punhos dele.

Ele rasgara a blusa dela como Maria rasgara a carne do seu rosto. A lembrança, agora, daquela noite no quarto de dormir da viúva, ainda valia muito para ele. Nenhum outro ser vivo estava naquela casa, só ele e a mulher colada nele, gritando em dor e êxtase, chorando e implorando que tivesse misericórdia, seu choro um fingimento, uma súplica para que não tivesse nenhuma misericórdia. Ele riu o triunfo de sua pobreza e de sua rudeza. Essa viúva! Com toda a sua riqueza e seu caro conforto, escrava e vítima de seu próprio desafio, soluçando no abandono jubiloso de sua derrota, cada arquejo uma vitória para ele. Podia ter acabado com ela, se desejasse, reduzido seu grito a um sussurro, mas se levantou e caminhou até a sala onde a lareira queimava preguiçosamente na rápida escuridão do inverno, deixando-a chorando e sufocando na cama. Então ela foi até ele na lareira e caiu de joelhos, o rosto encharcado de lágrimas, e ele sorriu e se prestou uma vez mais ao delicioso tormento dela. E quando a deixou soluçando de satisfação, desceu pela estrada com um profundo contentamento que vinha da convicção de que era dono da terra.

Que seja. Contar a Maria? Isso era uma questão de sua própria alma. Não contando, fazia um favor a Maria... ela com seus rosários e suas orações, seus mandamentos e indulgências.

Se perguntasse, ele teria mentido. Mas ela não perguntara. Como um gato, saltara às conclusões escritas no rosto lacerado dele. Não cometerás adultério. Bah, foi coisa da viúva. Ele fora sua vítima.

Ela cometera adultério. Uma vítima voluntária.

Foi todo dia à casa dela na semana do Natal. Às vezes assobiava enquanto batia na aldrava em forma de cabeça de raposa. Às vezes ficava em silêncio. Sempre a porta se escancarava depois de um momento e um sorriso de boas-vindas encontrava seus olhos. Não podia se livrar do embaraço. Sempre aquela casa era um lugar ao qual não pertencia, excitante e inatingível. Ela o recebia em vestidos azuis e vestidos vermelhos, amarelos e verdes. Comprou-lhe charutos, Chancellors numa caixa de Natal. Estavam na prateleira da estante, diante de seus olhos; sabia que eram seus, mas sempre esperava que ela lhe oferecesse um.

Um estranho encontro. Sem beijos e sem abraços. Pegava na sua mão quando ele entrava e a apertava calorosamente. Estava tão feliz com a sua visita... não gostaria de se sentar um pouquinho? Ele agradecia e atravessava a sala até a lareira. Algumas palavras sobre o tempo; uma indagação polida sobre sua saúde. Silêncio enquanto ela voltava ao seu livro.

Cinco minutos, dez.

Nenhum som, exceto o folhear das páginas. Ela erguia o olhar e sorria. Ele ficava sempre sentado com os cotovelos nos joelhos, o pescoço grosso inchado, olhando para as chamas, envolto em pensamentos: sua casa, seus filhos, a mulher ao seu lado, a riqueza dela, imaginando o seu passado. O sussurro das páginas folheadas, o estalido e o silvo das toras de pinho. Então ela erguia de novo o olhar. Por que não fumava um charuto? Eram seus; sirva-se. Obrigado, sra. Hildegarde. E acendia o charuto, tragando a folha fragrante, observando a fumaça branca rolar de suas faces, envolto em pensamentos.

Na garrafa de cristal na mesa baixa havia uísque, com copos e soda ao lado. Desejava um drinque? Então ele esperava, os minutos passando, as páginas silvando até que ela olhava para ele de novo, seu sorriso uma cortesia indicando que lembrava que ele estava ali.

— Aceita um drinque, Svevo?

Protestos, agitando-se na poltrona, jogando cinzas do charuto, remexendo no colarinho. Não, obrigado, sra. Hildegarde: não era o que se podia chamar um amigo do copo. De vez em quando... mas não hoje. Ela ouviu com aquele sorriso de salão, olhando para ele por cima dos óculos de leitura, sem ouvir realmente.

— Se quiser um drinque, não hesite.

Então ele encheu um copo e o emborcou com uma golada profissional. Seu estômago acolheu a bebida como éter, sugando-a e querendo mais. O gelo foi quebrado. Serviu outra dose e mais outra; uísque caro de uma garrafa da Escócia, 40 centavos a dose no Salão de Bilhar Imperial. Mas havia sempre um pequeno prelúdio de inquietação, um assobio no escuro, antes de se servir; uma tosse, ou podia esfregar as mãos e levantar-se para deixá-la saber que ia beber de novo, ou o cantarolar de uma canção indistinta. Depois ficava mais fácil, o álcool liberando-o, e ia virando as doses sem hesitar. O uísque, como os charutos, era para ele. Quando saía, a garrafa de cristal estava vazia, e quando voltava, estava cheia de novo.

Era sempre o mesmo, uma espera das sombras da noite, a viúva lendo e ele fumando e bebendo. Não podia durar. Na véspera de Natal teria acabado. Havia algo naquela época e estação — a chegada do Natal, o ano velho morrendo — a lhe dizer que só iria durar alguns dias, e sentia que ela sabia também.

Descendo a colina, no extremo oposto da cidade, estava a sua família, sua mulher e seus filhos. A época de Natal era um tempo para a mulher e os filhos. Iria embora e nunca mais voltaria. Nos bolsos levaria dinheiro. Enquanto isso, gostava dali. Gostava do bom uísque e dos charutos perfumados. Gostava dessa sala agradável e da mulher rica que vivia nela. Não estava longe dele, lendo o seu livro, e em breve iria para o seu quarto e ele a seguiria. Ela iria arquejar e chorar, e então ele sairia na penumbra, o triunfo dando energia a suas pernas. A despedida era o que ele mais adorava. Aquele surto de satisfação, aquele vago chauvinismo dizendo-lhe que não havia povo na Terra igual ao italiano, aquele júbilo de ser camponês. A viúva tinha dinheiro — sim. Mas lá estava ela, apaixonada, e Bandini era melhor do que ela, por Deus.

Podia ter ido para casa naquelas noites se houvesse aquela sensação de que estava tudo terminado. Mas não era tempo de pensar na família. Mais alguns dias e suas preocupações recomeçariam. Que aqueles dias fossem passados num mundo à parte do seu. Ninguém sabia, exceto seu amigo Rocco Saccone.

Rocco sentia-se feliz por ele, emprestando-lhe camisas e gravatas, abrindo seu grande guarda-roupa de ternos. Deitado no escuro antes de adormecer, esperava que Bandini fizesse o relato daquele dia. Em outras questões, falavam sempre em inglês, mas o assunto da viúva era sempre em italiano, sussurrado e reservado.

— Ela quer se casar comigo — dizia Bandini. — Ficou de joelhos, implorando que eu me divorciasse de Maria.

— *Si* — respondeu Rocco. — Veja só!

— Não só isso, mas prometeu reservar 100 mil dólares para mim.

— E o que você disse?

— Estou pensando — mentiu ele.

Rocco ficou boquiaberto e se virou na escuridão.

— Pensando! *Sangue de la Madonna*! Perdeu a cabeça? Aceite! Aceite 50 mil! Dez mil! Aceite qualquer coisa... faça de graça!

Não, Bandini lhe disse, a proposta era impensável. Cem mil dariam de sobra para resolver seus problemas, mas Rocco parecia se esquecer de que havia uma questão de honra aqui, e Bandini não tinha nenhuma intenção de desonrar sua mulher e seus filhos por mero ouro. Rocco gemeu e arrancou os cabelos, resmungando palavrões.

— Burro! — disse. — Ah, *Dio*! Que burro!

Aquilo chocou Bandini. Rocco queria realmente dizer-lhe que venderia mesmo sua honra por dinheiro — por 100 mil dólares? Exasperado, Rocco acendeu a lâmpada acima da cama. Sentou-se, o rosto lívido, os olhos esbugalhados, os punhos vermelhos agarrando o colarinho de sua roupa de baixo de inverno.

— Quer saber se eu venderia minha honra por 100 mil dólares? — perguntou. — Então veja só isto! — e deu um puxão com o braço, arrebentando a frente do pijama, os botões voando e espalhando-se pelo chão. Ficou sentado, batendo selvagemente no peito na altura do coração. — Eu não venderia só a minha honra! — berrou. — Eu me venderia de corpo e alma, por pelo menos 1.500 dólares!

Veio a noite em que Rocco pediu a Bandini que o apresentasse à viúva Hildegarde. Bandini sacudiu a cabeça em dúvida.

— Você não a entenderia, Rocco. É uma mulher com muitos conhecimentos, formada em universidade.

— Bah! — disse Rocco indignado. — E que diabos é você?

Bandini salientou que a viúva Hildegarde era uma leitora voraz, enquanto Rocco não sabia ler nem escrever em inglês. Além do mais, Rocco ainda falava um inglês precário. Sua presença apenas prejudicaria o restante do povo italiano.

— E daí? — zombou Rocco. — Existem outras coisas além de ler e escrever. — Atravessou o quarto até o armário de roupas e escancarou a porta. — Ler e escrever! — escarneceu. — E que bem isso fez a você? Tem tantos ternos quanto eu tenho? Tantas gravatas? Tenho mais roupas do que o presidente da Universidade do Colorado. De que adiantou a ele saber ler e escrever?

Bandini sorriu diante desse raciocínio, mas Rocco estava certo. Pedreiros e presidentes de universidade eram todos iguais. Uma questão de onde e por quê.

— Vou falar de você à viúva — prometeu. — Mas ela não está interessada no que um homem veste. *Dio cane*, é justamente o contrário.

Rocco acenou com a cabeça sabiamente.

— Então não tenho com o que me preocupar.

Suas últimas horas com a viúva foram como as primeiras. Olá e adeus, dava tudo na mesma. Eram estranhos, apenas com a paixão a transpor o abismo de suas diferenças, e não havia nenhuma paixão naquela tarde.

— Meu amigo Rocco Saccone — disse Bandini. — É um bom pedreiro também.

Ela abaixou o livro e olhou para ele sobre os aros dourados de seus óculos de leitura.

— Acredito — murmurou.

Girou o copo de uísque.

— É um bom camarada, de verdade.

— Acredito — disse ela de novo. Por alguns minutos continuou a ler. Talvez ele não devesse ter dito aquilo. A implicação óbvia o chocou.

Sentou-se ruminando sobre a confusão que armara, o suor irrompendo, um sorriso forçado absurdo se esboçando nos trejeitos nervosos de seu rosto. Mais silêncio. Olhou pela janela. A noite vinha chegando, desenrolando tapetes sobre a neve. Logo seria hora de partir.

Foi desapontador e amargo. Se apenas algo além do animal houvesse entre ele e essa mulher. Se pudesse pelo menos rasgar aquela cortina que a riqueza dela lançava sobre ele. Então poderia falar como o fazia com qualquer mulher. Ela o tornava tão estúpido. *Jesu Christi*! Não era nenhum tolo. Podia falar. Tinha uma mente que raciocinava e enfrentava dificuldades muito maiores do que as dela. Livros, não. Não houvera tempo para livros em sua vida dura e cheia de preocupações. Mas havia lido mais a fundo na linguagem da vida do que ela, apesar dos seus ubíquos livros. Ele transbordava de um mundo de coisas para falar.

Sentado ali, olhando para ela pelo que acreditava fosse a última vez, percebeu que não tinha medo dessa mulher. Nunca tivera medo dela, era ela que tinha medo dele. A verdade o enfureceu, sua mente tremendo diante da prostituição a que ela sujeitara sua carne. Ela não ergueu o olhar do livro. Não viu a insolência remoída que torcia um lado do rosto dele. Subitamente, ficou contente que chegasse o fim. Levantou-se e com um andar arrogante e sem pressa foi até a janela.

— Está escurecendo — disse. — Logo vou embora e não vou voltar mais.

O livro fechou-se automaticamente.

— Disse alguma coisa, Svevo?

— Logo não vou voltar mais.

— *Foi* delicioso, não foi?

— Você não entende nada — disse ele. — Nada.

— O que quer dizer?

Ele não sabia. Estava ali e, no entanto, não estava. Abriu a boca para falar, abriu as mãos e as estendeu.

— Uma mulher como você...

Não pôde dizer mais nada. Se conseguisse, ia ser rude e malformulado, derrotando aquilo que queria explicar. Encolheu os ombros inutilmente.

Deixa estar, Bandini; esqueça.

Ela ficou contente ao vê-lo sentar-se de novo, sorrindo sua satisfação e voltando ao livro. Olhou para ela amargamente. Essa mulher... ela não pertencia à raça dos seres humanos. Era tão fria, uma parasita de sua vitalidade. Ressentia-se da sua polidez: era uma mentira. Desprezava sua complacência, detestava suas boas maneiras. Certamente, agora que havia terminado e ele ia embora, ela podia largar aquele livro e conversar com ele. Talvez não dissessem nada de importante, mas estava disposto a tentar, e ela não.

— Não devo me esquecer de lhe pagar — disse ela.

Cem dólares. Ele contou e enfiou no bolso de trás.

— É o bastante? — perguntou ela.

— Se eu não precisasse desse dinheiro, 1 milhão de dólares não seria o bastante — disse sorrindo.

— Então quer mais. Duzentos?

Melhor não brigar. Melhor sair e ir embora para sempre, sem rancor. Enfiou os punhos nas mangas do casaco e mordeu o charuto.

— Você virá me visitar, não?

— Certamente, sra. Hildegarde.

Mas estava certo de que nunca voltaria.

— Adeus, sr. Bandini.

— Adeus, sra. Hildegarde.

— Um feliz Natal.

— O mesmo para a senhora, sra. Hildegarde.

Adeus e olá em menos de uma hora.

A viúva abriu a porta quando ele bateu e viu o lenço de bolinhas mascarando tudo, menos seus olhos injetados de sangue. Sua boca abriu-se com horror.

— Deus do céu!

Ele bateu os pés para tirar a neve dos sapatos e esfregou a frente do casaco com uma das mãos. Ela não pôde ver o prazer amargo no sorriso por trás do lenço, nem ouvir os palavrões abafados em italiano. Alguém tinha culpa disso e não era Svevo Bandini. Seus olhos a acusavam enquanto entrava na casa, a neve dos sapatos formando uma poça no tapete.

Ela recuou até a estante, observando-o sem falar. O calor da lareira fazia seu rosto arder. Com um gemido de raiva, ele correu para o banheiro. Ela o seguiu, parando na porta aberta, enquanto ele banhava o rosto com punhados de água fria. O rosto dela foi tomado de pena enquanto ele arquejava. Quando se olhou no espelho, viu a imagem distorcida e rasgada de si mesmo, e ela lhe provocou repulsa e ele sacudiu a cabeça em negação raivosa.

— Ah, pobre Svevo!

O que foi? O que havia acontecido?

— O que acha que foi?

— Sua mulher?

Ele passou unguento nos cortes.

— Mas isso é impossível!

— Bah.

Ela se aprumou, erguendo o queixo orgulhosamente.

— Eu lhe digo que é impossível. Quem teria contado a ela?

— Como vou saber quem contou a ela?

Encontrou um estojo de ataduras no armário do banheiro e começou a rasgar tiras de gaze e esparadrapo. O esparadrapo era resistente. Gritou uma rajada de palavrões contra a sua obstinação, rompendo-o sobre o joelho com uma violência que o lançou cambaleando para trás, na direção da banheira. Em triunfo, levantou a tira de esparadrapo diante da vista e deu-lhe um olhar de soslaio.

— Não venha bancar o durão *comigo*! — disse ao esparadrapo.

Ela ergueu a mão para ajudá-lo.

— Não — rosnou. — Nenhum pedaço de esparadrapo vai levar a melhor com Svevo Bandini.

Ela se afastou. Quando voltou, ele estava colocando a gaze e o esparadrapo. Havia quatro longas faixas em cada face, estendendo-se dos olhos até o queixo. Ele a viu e ficou espantado. Estava vestida para sair: casaco de pele, cachecol azul, luvas e botas. Aquela elegância quieta que a tornava atraente, aquela rica simplicidade do pequenino chapéu inclinado garbosamente para o lado, o cachecol de lã em cor viva saindo da luxuriante lapela de seu casaco de pele, as botas cinzentas com suas fivelas elegantes e as longas luvas de dirigir cinzentas, tudo isso a marcava de novo como aquilo que era, uma mulher rica sutilmente proclamando sua diferença. Estava admirado.

— A porta no final do corredor é de um quarto de dormir extra — disse ela. — Devo estar de volta lá pela meia-noite.

— Vai a algum lugar?

— É véspera de Natal — disse ela, como se isso tivesse alguma influência na sua decisão de sair.

Partiu, o som do seu carro desaparecendo na estrada colina abaixo. Agora um estranho impulso tomou conta dele. Estava sozinho na casa, completamente sozinho. Caminhou até o quarto dela e pegou e remexeu em suas coisas. Abriu gavetas, examinou velhas cartas e papéis. Na penteadeira, ergueu a rolha de cada frasco de perfume, cheirou e o devolveu exatamente ao local onde estava. Há muito sentira esse desejo, extravazando-o agora que se achava sozinho, o desejo de tocar, cheirar, acariciar e examinar com calma tudo que ela possuía. Acariciou sua lingerie, apertou suas joias frias na palma das mãos. Abriu convidativas gavetinhas em sua escrivaninha, estudou as canetas e os lápis, os tinteiros e as caixas ali dentro. Bisbilhotou estantes, remexeu em baús, retirando cada item de vestuário, cada penduricalho, joia e suvenir, estudou cuidadosamente cada um, avaliou-o e devolveu-o ao lugar de onde saíra. Seria um ladrão em busca da pilhagem? Buscava o mistério do passado dessa mulher? Não e não mesmo. Ali estava um mundo novo e desejava conhecê-lo bem. Só isso e nada mais.

Passava das 11 quando se jogou na maciez profunda da cama no quarto extra. Ali estava uma cama como seus ossos nunca haviam conhecido. Pareceu afundar quilômetros antes de cair num doce repouso. Ao redor das orelhas os edredons de cetim pressionavam com seu peso macio e quente. Deu um suspiro que parecia mais um soluço. Essa noite pelo menos haveria paz. Ficou falando consigo mesmo como se falasse a uma criança:

— Tudo vai ficar bem... mais alguns dias e tudo estará esquecido. Ela precisa de mim. Meus filhos precisam de mim. Mais uns dias e ela vai se esquecer disso.

De longe ouviu o toque dos sinos, a chamada para a missa da meia-noite na igreja do Sagrado Coração. Ergueu-se sobre um cotovelo e escutou. Madrugada de Natal. Viu sua mulher ajoelhada na missa, seus três filhos em devota procissão até o altar principal enquanto o coro cantava *Adeste Fideles*. Sua mulher, aquela lastimável Maria. Essa noite estaria usando aquele velho e surrado chapéu, velho como o seu casamento, reformado ano após ano para acompanhar, tanto quanto possível, a nova moda. Essa noite não, naquele exato momento — sabia que ela estaria apoiada nos joelhos cansados, os lábios trêmulos movendo-se em oração para ele e para seus filhos. Oh, estrela de Belém! Oh, nascimento do Menino Jesus!

Pela janela viu os flocos de neve que caíam, Svevo Bandini na cama de outra mulher enquanto sua esposa rezava por sua alma imortal. Deitou-se de costas, sugando as grandes lágrimas que corriam por seu rosto coberto de bandagens. Amanhã voltaria de novo para casa. Tinha de ser feito. De joelhos, pediria perdão e paz. De joelhos depois que as crianças fossem dormir e sua mulher estivesse sozinha. Nunca podia fazer aquilo na presença deles. Os meninos iam rir e estragariam tudo.

Uma olhada no espelho na manhã seguinte matou sua determinação. Lá estava a imagem horrenda do seu rosto devastado, agora roxo e inchado, com bolsas negras sob os olhos. Não podia encarar ninguém com aquelas cicatrizes delatoras. Seus próprios filhos iriam se esquivar de horror. Rosnando e xingando, jogou-se numa cadeira e puxou os cabelos. *Jesu Christi*! Não ousava sequer sair pelas ruas. Nenhum homem, ao vê-lo, deixaria de ler a linguagem da violência escrita em seu semblante. Por mais mentiras que contasse — que caíra no gelo, que brigara com um homem num jogo de cartas —, não podia haver dúvida alguma de que as mãos de uma mulher haviam rasgado suas faces.

Vestiu-se e passou na ponta dos pés pela porta fechada da viúva até a cozinha, onde tomou um desjejum de pão com manteiga e café puro. Depois de lavar a louça, voltou ao seu quarto. Pelo canto dos olhos viu a si mesmo no espelho da penteadeira. O reflexo o deixou tão zangado que cerrou os punhos e controlou o desejo de arrebentar o espelho. Gemendo e xingando, jogou-se na cama, a cabeça rolando de um lado para outro ao se dar conta de que talvez levasse uma semana até que os arranhões sarassem, o inchaço diminuísse e seu rosto estivesse finalmente em condições de ser visto pela sociedade humana.

Um dia de Natal sem sol. A neve tinha parado. Ficou ouvindo o gotejar dos pingentes de gelo que derretiam. Por volta do meio-dia ouviu a batida cautelosa dos nós dos dedos da viúva na porta. Sabia que era ela e, no entanto, saltou da cama como um criminoso perseguido pela polícia.

— Você está aí? — perguntou ela.

Não podia encará-la.

— Um momento! — disse.

Rapidamente abriu a gaveta superior da cômoda, puxou uma toalha de mão e enrolou-a no rosto, mascarando tudo, menos os olhos. Então abriu a porta. Se ela ficou espantada por sua aparência, não o demonstrou. Seus cabelos estavam presos para cima numa rede fina, seu corpo roliço embrulhado num penhoar de babados cor-de-rosa.

— Feliz Natal — ela sorriu.

— Meu rosto — desculpou-se, apontando para ele. — A toalha o deixa aquecido. Faz melhorar rapidamente.

— Dormiu bem?

— A melhor cama em que já dormi. Ótima cama, muito macia.

Ela atravessou o quarto e sentou-se na beira da cama, experimentando-a.

— Ora — falou. — É mais macia do que a minha.

— Uma cama muito boa, realmente.

Ela hesitou e então levantou-se. Seus olhos olharam diretamente nos dele.

— Sabe que é bem-vindo — disse. — Espero que fique.

Que deveria dizer? Ficou parado em silêncio, tentando pensar em algo, até que lhe ocorreu uma resposta adequada:

— Vou lhe pagar pela casa e pela comida — disse. — O que cobrar, eu pago.

— Ora, que ideia! — respondeu ela. — Não ouse sugerir tal coisa! É meu hóspede. Isto não é uma pensão... é a minha casa!

— É uma boa mulher, sra. Hildegarde. Uma excelente mulher.

— Bobagem!

Mesmo assim, decidiu pagar-lhe. Dois ou três dias, até que seu rosto melhorasse... Dois dólares por dia... Nada mais daquela outra coisa.

Havia algo mais:

— Temos de ser muito cuidadosos — disse ela. — Sabe como as pessoas falam.

— Eu sei, com toda a certeza — respondeu ele.

Havia outra coisa ainda. Ela enfiou os dedos no bolso do penhoar. Uma chave presa a uma corrente de contas.

— É da porta lateral — disse ela.

Colocou-a na palma da mão dele e ele a examinou, fingindo que era uma coisa extraordinária, mas era apenas uma chave e depois de um tempo colocou-a no bolso.

Mais uma coisa:

Ela esperava que ele não se importasse, mas era dia de Natal, esta tarde ela esperava convidados. Presentes de Natal e coisas do gênero.

— Então talvez fosse melhor...

— Claro — interrompeu-a. — Eu entendo.

— Não tem muita pressa. Dentro de uma hora, por aí.

Então ela saiu. Tirando a toalha do rosto, sentou-se na cama e esfregou a nuca, atordoado. E seu olhar captou a imagem horrenda no espelho. *Dio Christo*! Estava com a aparência ainda pior. Que devia fazer agora?

Subitamente se viu sob outro ângulo. A estupidez da sua posição o revoltava. Que tipo de asno era ele, que podia ser afastado porque havia pessoas visitando essa casa? Não era nenhum criminoso; era um homem, um homem de bem, além do mais. Tinha um ofício. Pertencia ao sindicato. Era um cidadão americano. Era pai, tinha filhos. Sua casa não ficava longe; talvez não lhe pertencesse, mas era sua casa, um teto seu. O que acontecera a ele para se esquivar e se esconder como um assassino? Agira errado, certamente, mas onde na Terra existia um homem que não tivesse agido errado?

Seu rosto... bah!

Postou-se diante do espelho e olhou com desprezo. Uma a uma, arrancou as ataduras. Havia outras coisas mais importantes do que o seu rosto. Além do mais, em poucos dias estaria novo em folha. Não era um covarde; era Svevo Bandini; acima de tudo, um homem — um homem corajoso. Como um homem chegaria diante de Maria e lhe pediria que o perdoasse. Não imploraria. Não suplicaria. Perdoe-me, diria. Perdoe-me. Agi errado. Não vai acontecer de novo.

A determinação injetou um calafrio de satisfação nele. Agarrou o casaco, puxou o chapéu sobre os olhos e caminhou quieto para fora da casa sem uma palavra à viúva.

Dia de Natal! Estufou o peito, respirou fundo. Que Natal seria este! Que bela coisa assumir a coragem de suas convicções. O esplendor de ser um homem corajoso e honrado! Chegando à primeira rua dentro dos limites da cidade, viu uma mulher de chapéu vermelho aproximar-se dele. Ali estava o teste para o seu rosto. Jogou os ombros para trás, empinou o queixo. Para seu deleite, a mulher sequer olhou para ele depois de um primeiro relance. O restante do caminho até em casa ele assobiou *Adeste Fideles*.

Maria, lá vou eu!

A neve na entrada da casa não fora removida. Oh, então os meninos estavam vadiando e esquecendo a tarefa na sua ausência. Bem. Poria um fim àquilo imediatamente. De agora em diante as coisas seriam diferentes. Não só ele, mas toda a família viraria uma nova página, a partir deste dia.

Estranho, mas a porta da frente estava trancada, as cortinas abaixadas. Não tão estranho assim: lembrou que no dia de Natal havia cinco missas na igreja, a última delas ao meio-dia. Os meninos estariam lá. Maria, no entanto, sempre ia à missa na véspera de Natal. Portanto devia estar em casa. Bateu na tela, sem sucesso. Então circundou a casa até a porta dos fundos e estava trancada também. Olhou pela janela da cozinha. Um cilindro de vapor saía da chaleira sobre o fogão, revelando que certamente havia alguém em casa. Bateu de novo, desta vez com ambos os punhos. Nenhuma resposta.

— Que diabo — resmungou, continuando a circundar a casa até a janela do seu quarto de dormir. Ali as cortinas estavam abaixadas, mas a janela aberta. Arranhou-a com as unhas, chamando seu nome:

— Maria. Ó Maria!

— Quem é? — numa voz sonolenta, cansada.

— Sou eu, Maria. Abra.

— Que quer?

Ouviu-a levantando-se da cama e o movimento de uma cadeira, como se esbarrada na escuridão. A cortina abriu-se do lado e viu o rosto dela, carregado de sono, seus olhos inseguros e recuando da ofuscante neve branca. Ele engasgou, riu um pouco de alegria e medo.

— Maria.

— Vá embora — disse ela. — Não quero você.

A cortina fechou-se de novo.

— Mas, Maria. Ouça!

A voz dela estava tensa, agitada:

— Não quero você perto de mim. Vá embora. Não posso suportar ver a sua cara!

Pressionou a tela com as palmas das mãos e encostou a cabeça nela, implorando:

— Maria, por favor. Tenho uma coisa para lhe dizer. Abra a porta, Maria, me deixe falar.

— Oh, Deus! — gritou ela. — Vá embora, vá embora! Odeio você, odeio você! — E então houve um estrondo e alguma coisa atravessou a cortina verde, um relâmpago enquanto ele esquivava a cabeça e a tela era violentamente rasgada, tão perto de sua orelha que achou que fora atingido. De dentro ouviu-a soluçando e engasgando. Recuou e examinou a cortina e a tela rasgadas. Enterrado na cortina, enfiado até o cabo, havia um longo par de tesouras de costura. Suava em cada poro ao caminhar de volta à rua e seu coração batia como uma marreta. Procurando um lenço no bolso, seus dedos tocaram em algo frio e metálico. Era a chave que a viúva lhe dera.

Muito bem, então. Que seja.

capítulo nove

As férias de Natal tinham acabado e em 6 de janeiro a escola reabriu. Foram férias desastrosas, infelizes e cheias de brigas. Duas horas antes de soar a primeira sineta, August e Federico estavam sentados nos degraus da frente de St. Catherine's, à espera de que o zelador abrisse a porta. Não era uma boa ideia sair por aí falando aquilo abertamente, mas a escola era muito melhor do que a sua casa.

Não era assim com Arturo.

Qualquer coisa era melhor do que encarar Rosa de novo. Saiu de casa poucos minutos antes da aula, caminhando devagar, preferindo chegar atrasado a evitar um encontro casual com ela no corredor. Chegou 15 minutos depois da sineta, arrastando-se pelas escadas como se suas pernas estivessem quebradas. Seus modos mudaram no momento em que sua mão tocou na maçaneta da sala de aula. Vivo e alerta, ofegante como que depois de uma corrida puxada, girou a maçaneta, entrou rapidamente e foi na ponta dos pés até a sua carteira.

Irmã Mary Celia estava no quadro-negro, do lado oposto ao da carteira de Rosa. Ficou satisfeito, pois aquilo lhe poupava qualquer encontro ocasional com os olhos suaves de Rosa. Irmã Celia explicava o quadrado de um triângulo-retângulo, e com alguma violência, estilhaços de giz saltando enquanto riscava o quadro-negro com grandes figuras desafiadoras, seu olho de vidro mais brilhante do que nunca ao mirar na sua direção e de volta ao quadro-negro. Lembrou-se do rumor que corria entre os garotos a respeito do olho: quando ela dormia à noite, o olho fulgurava em cima da cômoda, olhando fixamente, tornando-se mais luminoso se aparecessem ladrões. Terminou sua exposição no quadro-negro, batendo palmas para se livrar do giz.

— Bandini — disse. — Você começou o novo ano em seu melhor estilo. Uma explicação, por favor.

Ele se levantou.

— Isso vai ser bom — sussurrou alguém.

— Fui à igreja rezar o rosário — disse Arturo Bandini. — Queria oferecer o novo ano à Virgem Santíssima.

Aquilo era sempre incontestável.

— Conversa-fiada — sussurrou alguém.

— Quero acreditar em você — disse irmã Celia. — Ainda assim não consigo. Sente-se.

Curvou-se e sentou-se, ocultando o lado esquerdo do rosto com as mãos em concha. A discussão de geometria continuou num tom monótono. Ele abriu o caderno, as duas mãos escondendo o rosto. Mas tinha de dar uma olhada nela. Abrindo os dedos, espiou. Então se sentou ereto.

A carteira de Rosa estava vazia. Girou a cabeça ao redor da sala. Ela não estava lá. Rosa não estava na escola. Durante 10 minutos tentou sentir-se aliviado e satisfeito. Então viu a lourinha Gertie Williams do outro lado do corredor, entre as carteiras. Gertie e Rosa eram amigas.

Psssssssst, Gertie.

Ela olhou para ele.

— Ei, Gertie, onde está Rosa?

— Não está aqui.

— Sei disso, idiota. Onde ela está?

— Não sei. Em casa, eu acho.

Detestava Gertie. Sempre a detestara, ela e aquele seu queixo pálido e pontudo, sempre em movimento por causa do chiclete. Gertie sempre tirava conceito B, graças a Rosa que a ajudava. Mas Gertie era tão transparente, você podia quase ver através de seus olhos brancos até o fundo da sua cabeça, onde não existia nada, nada, a não ser sua fome de garotos; não garotos como ele, que era do tipo de unhas sujas, porque Gertie tinha aquele ar de soberba que o fazia sentir a sua ojeriza.

— Tem visto Rosa ultimamente?

— Não.

— Quando a viu pela última vez?

— Foi há um tempão.

— Quando? Sua imbecil!

— No dia de Ano-Novo — Gertie sorriu com arrogância.

— Está saindo daqui? Está indo para outra escola?

— Acho que não.

— Como pode ser tão idiota?

— Não gosta disso?

— O que você acha?

— Então, por favor, não fale comigo, Arturo Bandini, porque certamente não quero falar com você.

Bobagem. Seu dia estava arruinado. Todos esses anos ele e Rosa haviam estado na mesma turma. Dois desses anos estivera apaixonado por ela; dia após dia, sete anos e meio de Rosa na mesma sala com ele, e agora a carteira dela estava vazia. A única coisa na Terra que lhe importava, além do beisebol, e ela se fora, apenas o vazio no lugar em que florescera com seus cabelos negros. Aquilo e uma pequena carteira vermelha coberta por uma película de poeira.

A voz de irmã Mary Celia tornou-se irritante e impossível. A aula de geometria deu lugar à de composição em inglês. Puxou seu Anuário Spalding de Beisebol Organizado e estudou os pontos, no bastão e no campo, de Wally Ames, terceiro-base dos Toledo Mudhens na Associação Americana.

Agnes Hobson, aquela maluquinha falsa e aduladora, com os dentes da frente tortos entrançados com fio de cobre, lia em voz alta *A dama do lago*, de sir Walter Scott.

Bah, quanta bobagem. Para combater o tédio, calculou os pontos em toda a carreira de Wally Ames e comparou-os com os pontos de Nick Cullop, aquele possante rompe-cercas dos Atlanta Crackers, que pertenciam à Associação Sulina. A pontuação de Cullop, depois de uma hora de intrincada matemática espalhada sobre cinco folhas de papel, superava a de Wally Ames por 10 pontos.

Suspirou com prazer. Havia algo naquele nome — Nick Cullop —, um baque e um murro no ar, que lhe agradava muito mais do que o prosaico Wally Ames. Acabou com ódio de Ames e começou a devanear sobre Cullop, sua aparência, do que falava, o que faria se Arturo lhe pedisse um autógrafo numa carta. O dia estava sendo exaustivo. Suas coxas doíam e seus olhos sonolentos marejavam. Bocejava e fazia caretas indiscriminadamente diante de tudo o que irmã Celia discutia. Passou a tarde amargamente lamentando as coisas que não fizera, as tentações a que resistira, durante o período de férias que havia passado e se fora para sempre.

Os dias profundos, os dias tristes.

Chegou na hora na manhã seguinte, controlando o passo em direção à escola para coincidir com a sineta assim que seus pés cruzassem o portão da frente. Subiu correndo as escadas e deu uma olhada na carteira de Rosa antes que pudesse vê-la escondido atrás da parede do vestiário. A carteira estava vazia.

Payne. Presente.

Penigle. Presente.

Pinelli.

Silêncio.

Viu a freira anotar um X no livro de chamada. Enfiou o livro numa gaveta da mesa e pediu ordem à classe para as orações da manhã. A provação recomeçara.

— Peguem seus cadernos de geometria.

Vá plantar batatas, pensou.

Psssssssst. Gertie.

— Tem visto a Rosa?

— Não.

— Ela está na cidade?

— Não sei.

— É sua amiga. Por que não descobre?

— Talvez eu descubra. E talvez não.

— Boa garota.

— Não gosta disso?

— Gostaria de socar aquela goma de mascar para dentro da sua garganta.

— Duvido que fizesse isso!

Ao meio-dia passeou pelo campo de beisebol. Desde o Natal não caíra mais neve. O sol estava furioso, amarelo, com raiva no céu, vingando-se de um mundo de montanhas que dormira e congelara na sua ausência. Salpicos de neve caíam dos choupos ao redor do campo, sobrevivendo no chão por alguns momentos enquanto aquela boca amarela no céu os lançava ao esquecimento. Vapores subiam, uma massa nevoenta que vazava da terra e se esvaía. No oeste as nuvens tempestuosas galopavam em turbulenta retirada, cessando seu ataque às montanhas, os imensos picos inocentes erguendo os lábios pontudos em agradecimento ao sol.

Um dia quente, mas úmido demais para o beisebol. Seus pés afundaram na lama negra que suspirava em volta da elevação do arremessador. Amanhã, talvez. Ou no dia seguinte. Mas onde estava Rosa? Encostou-se num dos choupos. Isso era terra de Rosa. Essa era a árvore de Rosa. Porque você olhou para ela, você a tocou talvez. E aquelas são as montanhas de Rosa, e talvez ela as esteja olhando agora. O que quer que ela olhasse era dela e tudo aquilo que ele olhasse era dela.

Passou pela casa dela depois da escola, caminhando pelo lado oposto da rua. Toco de Fumo Wiggins, que entregava o *Post de Denver*, passou de bicicleta, arremessando com ar indiferente os jornais da tarde em cada varanda da frente. Arturo assobiou e emparelhou com ele.

— Conhece Rosa Pinelli?

Toco de Fumo cuspiu um tostão de saliva de tabaco através da neve.

— Está falando daquela menina italiana três casas adiante na rua? Claro, a conheço, por quê?

— Tem visto ela ultimamente?

— Não.

— Quando a viu pela última vez, Toco de Fumo?

Toco de Fumo apoiou-se no guidom, enxugou o suor do rosto, cuspiu de novo e mergulhou em profunda ruminação. Arturo ficou parado, pacientemente, esperando alguma boa notícia.

— A última vez que vi a moça foi há três anos — disse Toco de Fumo finalmente. — Por quê?

— Por nada — disse ele. — Esquece.

Há três anos! E o idiota disse aquilo como se não tivesse a menor importância.

Os dias profundos, os dias tristes.

A casa estava um caos. Ao chegarem da escola, encontraram as portas abertas, tomadas pelo ar frio do entardecer. Os fogões estavam apagados, suas arcas transbordando de cinzas. Onde está ela? E procuravam. Nunca estava muito longe, às vezes no pasto no velho celeiro de pedra, sentada num caixote ou encostada numa parede, os lábios se mexendo. Certa vez eles a procuraram até bem depois de escurecer, cobrindo a vizinhança, espiando em celeiros e galpões, buscando suas pegadas ao longo das margens do pequeno riacho que crescera da noite para o dia e se transformara num valentão marrom e blasfemo, comendo a terra e as árvores enquanto rugia e desafiava. Ficaram parados no barranco e observaram a correnteza passar rosnando. Não se falaram. Espalharam-se e buscaram rio acima e rio abaixo. Uma hora depois, voltaram para casa. Arturo acendeu o fogo. August e Federico se enroscaram ao redor do fogão.

— Ela vai voltar para casa logo.

— Claro.

— Pode ter ido à igreja.

— Talvez.

Debaixo dos seus pés, eles a ouviram. Encontraram-na no porão, ajoelhada diante daquele barril de vinho que papai jurara não abrir antes de 10 anos. Ela não deu atenção às suas súplicas. Olhou friamente para os olhos cheios de lágrimas de August. Sabiam que não se importava com eles. Arturo pegou no braço dela suavemente para levantá-la. Rapidamente ela o esbofeteou com as costas da mão. Tolo. Ele riu, meio embaraçado, parado ali, tocando com a mão na bochecha vermelha.

— Deixem a Mamma sozinha — disse a eles. — Quer ficar em paz.

Ordenou a Federico que fosse buscar um cobertor. Ele puxou um cobertor da cama e desceu com ele, pisando nele e carregando-o sobre os ombros. Ela se ergueu e o cobertor escorregou e cobriu-lhe as pernas e os pés. Não havia nada mais a fazer. Subiram as escadas e aguardaram.

Muito tempo depois ela apareceu. Estavam em torno da mesa da cozinha, fuçando seus livros, tentando ser esforçados, tentando ser bons meninos. Viram seus lábios roxos. Ouviram sua voz cinzenta:

— Vocês já jantaram?

Claro, já tinham jantado. Um jantar ótimo. Eles mesmos o prepararam.

— O que foi que comeram?

Tiveram medo de responder.

Até que Arturo falou:

— Pão com manteiga.

— Não tem nenhuma manteiga — disse ela. — Não tem manteiga nesta casa há três semanas.

Aquilo fez Federico chorar.

Ela dormia de manhã quando saíram para a escola. August queria entrar no quarto e beijá-la para se despedir. Federico também. Queriam falar alguma coisa sobre seus lanches, mas estava dormindo, aquela mulher estranha na cama que não gostava deles.

— É melhor deixarem ela sozinha.

Suspiraram e partiram. Para a escola. August e Federico juntos e pouco depois Arturo, depois de baixar o fogo e dar uma última olhada na casa. Deveria acordá-la? Não, é melhor que durma. Encheu um copo de água e colocou-o à cabeceira. Saiu então para a escola, na ponta dos pés.

Psssssssst. Gertie.

— O que quer?

— Tem visto Rosa?

— Não.

— O que está acontecendo com ela, afinal?

— Não sei.

— Está doente?

— Acho que não.

— Você não pode achar. É muito burra.

— Então não fale comigo.

Ao meio-dia, caminhou até o campo de novo. O sol ainda estava zangado. O montículo do centro do campo havia secado e a neve se fora quase toda. Havia uma mancha contra a cerca do campo direito nas sombras onde o vento acumulara a neve e a cobrira de sujeira. Mas no geral fazia um tempo seco, perfeito para treinar. Passou o restante da hora do recreio sondando os membros do time. Que tal um treininho esta noite? — o terreno está perfeito. Ouviram-no com rostos estranhos, até mesmo Rodriguez, o apanhador, o único garoto na escola que amava beisebol tão fanaticamente quanto ele. Espere, disseram-lhe. Espere a primavera, Bandini. Discutiu com eles sobre aquilo. Venceu a discussão. Mas depois das aulas, depois de ficar sentado sozinho durante uma hora debaixo dos choupos que bordejavam o campo, sabia que eles não viriam e caminhou para casa lentamente, passando pela casa de Rosa, no mesmo lado da rua, bem diante do gramado da frente da casa dela. A grama estava tão verde e viva que podia sentir o seu gosto na boca. Uma mulher saiu da casa ao lado, apanhou o jornal, percorreu as manchetes e olhou para ele desconfiada. Não estou fazendo nada: estou só passando por aqui. Assobiando um hino, caminhou ao longo da rua.

Os dias profundos, os dias tristes.

Sua mãe lavara as roupas naquele dia. Chegou em casa pela viela e a viu pendurando roupas no varal. Escurecera e ficara frio de repente. A roupa lavada pendia dura e congelada. Tocou em cada peça endurecida enquanto subia o caminho, roçando a mão nelas até o fim do varal. Uma ocasião estranha para lavar roupas, pois segunda-feira sempre fora o dia da lavagem. Hoje era quarta-feira, talvez quinta; certamente não era segunda. Uma lavagem esquisita também. Parou na varanda dos fundos para decifrar a esquisitice. Então viu o que era: cada peça pendurada ali, limpa e dura, pertencia ao seu pai. Nada dele ou de seus irmãos, sequer um par de meias.

Galinha para o jantar. Ficou parado na porta e sentiu uma leve vertigem diante do cheiro de galinha frita que lhe enchia as narinas. Galinha, mas como? A única ave que restara no galinheiro era Tony, o grande galo. Sua mãe jamais mataria Tony. Sua mãe amava Tony, com sua crista encorpada e vistosa e as belas penas com que se pavoneava. Ela colocara tornozeleiras de celuloide em suas pernas com esporas e rira de seu andar forte e arrogante. Mas era Tony: no escorredor ele viu as tornozeleiras quebradas pela metade como duas unhas vermelhas.

Em pouco tempo eles o destroçaram, por mais duro que fosse. Mas Maria não tocou nele. Ficou sentada molhando pão numa película amarela de azeite de oliva espalhada no prato. Reminiscências de Tony: que galo fora ele! Devanearam sobre o seu longo reinado no galinheiro: lembraram-se dele *quando*. Maria molhava o pão em azeite de oliva e olhava.

— Algo acontece, mas você não sabe dizer — falou. — Porque se você tem fé em Deus então tem de rezar, mas eu não saio por aí dizendo isso.

Suas mandíbulas pararam e eles olharam para ela.

Silêncio.

— O que disse, Mamma?

— Eu não disse uma palavra.

Federico e August olharam um para o outro e tentaram sorrir. Então o rosto de August ficou branco e ele se levantou e deixou a mesa. Federico pegou um pedaço de carne branca e o seguiu. Arturo colocou os punhos debaixo da mesa e apertou-os até que a dor nas palmas expulsou o desejo de chorar.

— Que galo! — disse. — Devia prová-lo, Mamma. Só um pedacinho.

— Não importa o que aconteça, você precisa ter fé — disse ela. — Não tenho vestidos finos e não vou a bailes com ele, mas tenho fé e eles não sabem. Mas Deus sabe, e a Virgem Maria, e não importa o que aconteça, eles saberão. Às vezes fico sentada aqui o dia inteiro, e não importa o que aconteça, eles sabem, porque Deus morreu na cruz.

— Claro que eles sabem — disse ele. Mas sentia a coisa subindo a partir dos dedos dos pés e não podia suportar aquilo. — Claro que eles sabem, Mamma.

Jogou os ombros para trás e deixou a cozinha, caminhando até o armário de roupas no seu quarto. Tirou o saco de lavanderia cheio pela metade do cabide atrás da porta e o amassou contra o rosto e a boca. Então se soltou, uivando e chorando até que seus flancos doessem. Quando terminou e se sentiu seco e limpo por dentro, nenhuma dor, exceto a ardência nos olhos ao chegar à luz da sala de estar, sabia que precisava encontrar seu pai.

— Fiquem de olho nela — disse aos irmãos. Ela voltara para a cama e podiam vê-la através da porta aberta, seu rosto virado para o outro lado.

— E o que fazemos se ela fizer alguma coisa? — disse August.

— Não vai fazer nada. Fiquem quietos e se comportem.

Luar. Brilhante o suficiente para jogar bola. Pegou o atalho através da ponte de cavaletes. Abaixo dele, sob a ponte, vagabundos se agrupavam em torno de uma fogueira vermelha e amarela. À meia-noite pegariam o cargueiro rápido para Denver, a 50 quilômetros de distância. Viu-se examinando os rostos, procurando o do seu pai. Mas Bandini não estaria lá embaixo; o lugar onde encontrar seu pai era o Salão de Bilhar Imperial, ou o quarto de Rocco Saccone. Seu pai pertencia ao sindicato. Não estaria lá embaixo.

Nem estava no salão de carteado do Imperial.

Jim, o barman.

— Saiu há cerca de duas horas com aquele pedreiro carcamano.

— Quer dizer Rocco Saccone?

— Ele mesmo, aquele italiano bonitão.

Encontrou Rocco no seu quarto, sentado ao lado de um rádio de mesa junto à janela, comendo nozes e ouvindo o jazz sair do aparelho. Um jornal estava espalhado a seus pés para apanhar as cascas de nozes. Ficou parado na porta, a suave escuridão dos olhos de Rocco deixando-o saber que não era bem-vindo. Mas seu pai não estava no quarto, não havia sinal dele.

— Onde está meu pai, Rocco?

— Como vou saber? O pai é seu, não é meu.

Mas ele tinha o instinto de um menino para a verdade.

— Pensei que estivesse morando aqui com você.

— Está morando sozinho.

Arturo captou: uma mentira.

— Onde ele mora, Rocco?

Rocco jogou as mãos ao ar.

— Não sei dizer. Não estou mais saindo com ele.

Outra mentira.

— Jim, o barman, disse que esteve com ele esta noite.

Rocco saltou de pé e brandiu o punho.

— Aquele Jiiim, é um desgramado de um mentiroso! Tá metendo o nariz onde não é chamado. Seu pai é um homem. Ele sabe o que está fazendo.

Agora ele sabia.

— Rocco — disse. — Você conhece uma mulher, Effie Hildegarde?

Rocco pareceu intrigado.

— Affie Hildegarde? — e examinou o teto. — Quem é essa dona? Por que quer saber?

— Por nada.

Estava seguro. Rocco correu atrás dele pelo corredor, gritando do alto das escadas:

— Ei, garoto! Onde você vai?

— Para casa.

— Muito bem — disse Rocco. — Lugar de menino é em casa.

Ele não pertencia a esse lugar. A meio caminho da subida da estrada Hildegarde sabia que não ousaria confrontar o pai. Não tinha direito de estar ali. Sua presença era intrusiva, atrevida. Como poderia mandar o pai voltar para casa? Supondo que seu pai respondesse: saia daqui para o quinto dos infernos? E aquilo, sabia, era exatamente o que seu pai diria. Era melhor dar meia-volta e ir para casa, pois agora estava se movendo numa esfera desconhecida. Lá em cima com seu pai havia uma mulher. Aquilo tornava a coisa diferente. Agora se lembrou de algo: certa vez, quando era menor, procurou o pai no salão de bilhar. O pai levantou-se da mesa e o seguiu até o lado de fora. Então colocou os dedos ao redor da sua garganta, não com força, mas com decisão, e disse: não faça isso de novo.

Tinha medo do pai, morria de medo do pai. Na sua vida só levara três surras. Só três, mas foram violentas, aterrorizantes e inesquecíveis.

Não, obrigado: nunca mais.

Ficou parado nas sombras dos pinheiros profundos que cresciam ao longo da entrada de carros circular, onde um gramado se estendia até o chalé de pedras. Havia uma luz além das venezianas nas duas janelas da frente, mas as cortinas serviam a seus propósitos. A visão daquele chalé, tão claro ao luar, e o fulgor das montanhas brancas se elevando como torres no oeste, um lugar tão bonito, o fazia sentir-se muito orgulhoso do pai. Não adiantava falar: isso era ótimo. Seu pai era um cão sórdido e tudo o mais, mas estava naquele chalé agora e isso certamente provava algo. Você não podia ser tão sórdido assim se era capaz de encontrar uma coisa daquelas. Você é um sujeito e tanto, papai. Está matando a mamãe, mas é maravilhoso. Você e eu somos. Porque um dia vou estar fazendo isso também, e o nome dela é Rosa Pinelli.

Percorreu a entrada de carros de cascalho na ponta dos pés até uma faixa de gramado encharcado que conduzia à garagem e ao jardim atrás da casa. Uma bagunça de pedras cortadas, pranchas, caixas de argamassa e uma peneira de areia no jardim indicaram-lhe que seu pai estava trabalhando aqui. Na ponta dos pés, aproximou-se do local. A coisa que ele estava construindo, seja lá o que fosse, destacava-se como um montículo, palha e lona cobrindo-o para impedir que a argamassa congelasse.

Subitamente, ficou desapontado. Talvez seu pai não estivesse morando ali afinal. Talvez fosse apenas um simples pedreiro comum que ia embora toda noite e voltava de manhã. Ergueu a lona. Era um banco de pedra ou coisa parecida; não estava interessado. A coisa toda era um embuste. Seu pai não estava morando com a mulher mais rica da cidade. Com os diabos, estava apenas trabalhando para ela. Revoltado, andou de volta à estrada, pelo meio do caminho de cascalho, desiludido demais para se importar com o rangido e o estalido dos pedregulhos debaixo dos seus pés.

Ao chegar aos pinheiros, ouviu o clique de uma fechadura. Imediatamente se jogou com o rosto sobre um leito de folhas de pinheiro molhadas, um facho de luz da porta do chalé atravessando como uma lança a noite brilhante. Um homem atravessou a porta e parou na beira da varanda curta, a ponta vermelha de um charuto aceso como uma bola de gude perto da boca. Era Bandini. Olhou para o céu e aspirou golfadas do ar frio. Arturo tremeu de alegria. Santo Judas, estava ótimo! De chinelos vermelhos, pijama azul e um robe vermelho com bolas brancas nas pontas do cinto. Santo Diacho, parecia Helmer, o banqueiro, e o presidente Roosevelt. Parecia o rei da Inglaterra. Rapaz, que homem! Depois que seu pai entrou e fechou a porta atrás de si, ele abraçou a terra com deleite, enfiando os dentes nas acres folhas de pinheiro. E pensar que fora ali a fim de levar o pai para casa! Como fora louco. Por nada deste mundo perturbaria aquela imagem do seu pai no esplendor daquele novo mundo. Sua mãe teria de sofrer; ele e seus irmãos teriam de passar fome. Mas valia a pena. Ah, como ele estava bem! Ao descer apressado a colina, saltitando, às vezes jogando uma pedra na ravina, sua cabeça se alimentava vorazmente da cena que acabara de presenciar.

Mas bastou um olhar para o rosto gasto e encovado da mãe dormindo o sono que não trazia descanso e voltou a odiar o pai.

Sacudiu-a.

— Eu vi o papai — disse.

Ela abriu os olhos e umedeceu os lábios.

— Onde está?

— Mora no Rocky Mountain Hotel. Está no mesmo quarto com Rocco, só ele e Rocco.

Ela fechou os olhos e afastou-se dele, livrando o ombro do leve toque da sua mão. Ele se despiu, escureceu a casa e arrastou-se para a cama, apertando-se contra as costas quentes de August até que o frio dos lençóis tivesse passado.

A certa altura no meio da noite foi despertado e abriu os olhos pegajosos para encontrá-la sentada ao seu lado, sacudindo-o para que acordasse. Mal podia ver-lhe o rosto, pois ela não acendera a luz.

— O que foi que ele disse? — sussurrou.

— Quem? — mas se lembrou rapidamente e sentou-se na cama. — Disse que queria voltar para casa. Disse que a senhora não deixava. Que iria chutá-lo para fora. Estava com medo de voltar para casa.

Ela se aprumou com orgulho.

— Ele merece — disse. — Não pode fazer aquilo comigo.

— Parecia terrivelmente deprimido e triste. Parecia doente.

— Hum! — disse ela.

— Quer voltar para casa. Sente-se péssimo.

— Bom para ele — disse ela, arqueando as costas. — Talvez aprenda o que significa um lar depois disso. Deixe que fique mais uns dias. Virá rastejando de joelhos. Conheço aquele homem.

Estava tão cansado, dormindo enquanto ela ainda falava.

Os dias profundos, os dias tristes.

Quando acordou na manhã seguinte, encontrou August de olhos arregalados também e escutaram o barulho que os havia acordado. Era Mamma na sala da frente, empurrando o limpador de tapetes de um lado para outro, o limpador de tapetes que chiava e andava aos solavancos. O café da manhã foi pão e café. Enquanto comiam, ela preparou seus lanches com o que sobrara do galo de ontem. Estavam contentes: ela vestia seu simpático vestido caseiro azul e seus cabelos estavam penteados e repuxados como nunca haviam visto e enrolados num coque no alto da cabeça. Nunca antes tinham visto suas orelhas tão descobertas. Seus cabelos ficavam geralmente soltos, escondendo-as. Belas orelhas, pequenas e rosadas.

— Hoje é sexta-feira. Temos de comer peixe — disse August.

— Cale sua santa boca! — disse Arturo.

— Não sabia que era sexta-feira — disse Federico. — Por que precisava nos contar, August?

— Porque ele é um santo idiota — disse Arturo.

— Não é pecado comer galinha na sexta-feira, se você não pode comprar peixe — disse Maria.

Certo. Viva a Mamma. Há-há-há, eles provocaram August, que bufou o seu desprezo.

— Mesmo assim, não vou comer galinha hoje.

— OK, seu bobo.

Mas ele foi inflexível. Maria preparou-lhe um lanche de pão embebido em azeite de oliva com umas pitadas de sal. Sua parte da galinha foi para os irmãos.

Sexta-feira. Dia de prova. Nada de Rosa.

Pssssssst, Gertie. Ela espocou o chiclete e olhou para ele.

Não, não tinha visto Rosa.

Não, não sabia se Rosa estava na cidade.

Não, não soubera de nada. Mesmo se soubesse, não ia contar a ele. Porque, para ser bem franca, preferia não falar com ele.

— Sua vaca — disse ele. — Sua vaca leiteira sempre ruminando seu bolo alimentar.

— Carcamano!

Ficou vermelho, erguendo-se até a metade da carteira.

— Sua putinha loura suja!

Ela abriu a boca e enterrou o rosto nas mãos, horrorizada.

Dia de prova. Às dez e meia sabia que havia falhado em geometria. Na sineta do meio-dia, ainda se debatia com o teste de composição em inglês. Era a última pessoa na sala, ele e Gertie Williams. Qualquer coisa para terminar antes de Gertie. Ignorou as três últimas perguntas, juntou os papéis e os entregou. Na porta do vestiário, olhou por cima do ombro e escarneceu triunfalmente de Gertie, seus cabelos louros desalinhados, seus pequenos dentes roendo febrilmente a extremidade do lápis. Ela devolveu-lhe o olhar com inominável ódio, com olhos que diziam "vou te pegar por isso, Arturo Bandini: vou te pegar".

Às duas daquela tarde, teve a sua vingança.

Psssssssst, Arturo.

O bilhete que ela havia escrito caiu no livro de história dele. Aquele sorriso cintilante no rosto de Gertie, o ar ansioso em seus olhos e os maxilares que pararam de se mexer lhe diziam para não ler a nota. Mas estava curioso.

Caro Arturo Bandini:

Algumas pessoas se acham mais espertas do que realmente são e algumas pessoas são simplesmente estrangeiras e nada podem fazer quanto a isso. Pode pensar que é muito esperto, mas um monte de gente nesta escola odeia você, Arturo Bandini. Mas a pessoa que mais odeia você é Rosa Pinelli. Ela odeia você mais do que eu, porque sei que é um garoto italiano pobre e se parece sujo o tempo todo eu não estou ligando. Eu sei que certas pessoas que nada têm vão roubar, por isso não fiquei surpresa quando alguém (adivinha quem?) me contou que você roubou joias e deu à filha dela. Mas a filha foi honesta demais e não ficou com a joia, e acho que demonstrou caráter quando a devolveu. Por favor, não me pergunte mais sobre Rosa Pinelli, Arturo Bandini, porque ela não suporta você. Na noite passada, Rosa me disse que você lhe dava calafrios porque era tão terrível. Você é um estrangeiro, talvez seja essa a razão.

ADIVINHA QUEM????

Sentiu o estômago abandonando-o e um sorriso doentio brincou com seus lábios trêmulos. Virou-se lentamente e olhou para Gertie, seu rosto estúpido e com um sorriso doentio. Nos olhos pálidos dela havia uma expressão de deleite, arrependimento e horror. Amassou o bilhete, afundou na carteira até onde suas pernas permitiam e escondeu o rosto. A não ser pelo rugido do seu coração, estava morto, sem ouvir, ver ou sentir.

Pouco tempo depois se deu conta de um tumulto sussurrado ao seu redor, de inquietação e excitação percorrendo a sala. Algo havia acontecido, o ar vibrava com aquilo. A madre superiora afastou-se, e irmã Celia voltou a sua mesa no tablado.

— A classe vai se levantar e ajoelhar.

Levantaram-se e no silêncio ninguém desviou a vista dos olhos calmos da freira.

— Acabamos de receber trágicas notícias do hospital universitário — disse. — Devemos ser corajosos e precisamos rezar. Nossa querida colega de turma, nossa querida Rosa Pinelli, morreu de pneumonia às duas horas desta tarde.

Havia peixe para o jantar porque vovó Donna mandara 5 dólares pelo correio. Um jantar tardio: só às oito horas foi que se sentaram. Nem havia qualquer razão para isso. O peixe estava assado e pronto muito antes daquilo, mas Maria o manteve no forno. Quando se reuniram à mesa, houve alguma confusão. August e Federico disputando lugar. Então viram o que era. Mamma ajeitou o lugar de papai à mesa de novo.

— Ele vem? — disse August.

— Claro que vem — disse Maria. — Onde mais seu pai poderia comer?

Conversa-fiada. August estudou-a. Usava outro vestido caseiro limpo, desta vez verde, e comeu bastante. Federico sorveu o leite e enxugou a boca.

— Ei, Arturo. Sua garota morreu. Tivemos de rezar por ela.

Ele não estava comendo, cutucando o peixe no prato com a ponta do garfo. Durante dois anos se gabara aos pais e irmãos de que Rosa era sua namorada. Agora tinha de engolir suas palavras.

— Não era minha garota. Era apenas uma amiga.

Mas curvou a cabeça, evitando o olhar da mãe, seus pêsames atravessando a mesa até ele, sufocando-o.

— Rosa Pinelli, morta? — perguntou. — Quando?

E enquanto os irmãos davam as respostas, o peso e o calor da sua condolência caíam sobre ele, e receava erguer os olhos. Empurrou a cadeira para trás e levantou-se.

— Não estou com muita fome.

Manteve os olhos afastados dela ao entrar na cozinha e atravessá-la para ir ao quintal. Queria ficar sozinho para que pudesse se soltar e liberar o aperto no peito porque ela me odiava e eu lhe dava calafrios, mas sua mãe não o deixou, estava vindo da sala de jantar, podia ouvir seus passos, e levantou-se e correu através do quintal para a viela.

— Arturo!

Caminhou até o pasto onde seus cães estavam enterrados, onde estava escuro e não podia ser visto, e então chorou e soluçou, sentado com as costas apoiadas num salgueiro negro, porque ela me odiava, porque eu era um ladrão, mas, oh, que diabo, Rosa, roubei aquilo de minha mãe, o que não chega a ser roubar, mas um presente de Natal, e me limpei daquilo também, fui à confissão e ficou tudo esclarecido.

Da viela ouviu sua mãe chamando, gritando para que soubesse onde estava.

— Já estou indo — respondeu, certificando-se de que seus olhos estavam secos, lambendo o gosto das lágrimas de seus lábios. Escalou a cerca de arame farpado no canto da pastagem e ela foi até ele no meio da viela, vestindo um xale e espiando com um ar sigiloso por cima do ombro na direção da casa. Rapidamente abriu o punho cerrado dele.

— Shhhhhhh. Não diga nada a August ou Federico.

Ele abriu a palma da mão e achou uma moeda de 50 centavos.

— Vá ao cinema — sussurrou ela. — Compre um sorvete com o troco. Shhhhhhh. Nem uma palavra aos seus irmãos.

Ele se afastou indiferente, caminhando pela viela, a moeda sem sentido no seu punho. Ela o chamou depois de alguns metros e ele se virou.

— Shhhhhhh. Nem uma palavra ao seu pai. Tente voltar para casa antes dele.

Foi até a drogaria do outro lado do posto de gasolina e sugou um milk shake sem sentir o gosto. Uma multidão de colegiais entrou e ocupou todos os assentos no balcão. Uma garota alta no início da casa dos 20 anos sentou-se ao lado dele. Afrouxou o cachecol e jogou para trás a lapela da jaqueta de couro. Observou-a no espelho atrás do balcão, as faces rosadas e acesas pelo ar frio da noite, os enormes olhos cinzentos transbordando de entusiasmo. Ela o viu observando-a pelo espelho, virou-se e sorriu para ele, seus dentes regulares e cintilantes.

— Olá! — disse, seu sorriso do tipo reservado para garotos mais jovens.

— Olá — respondeu. Ela nada mais disse a ele e ficou absorvida pelo colegial do outro lado, um sujeito sombrio com um "C" em prata e ouro estampado no peito. A garota tinha um vigor e uma vibração que o fizeram esquecer do seu sofrimento. Acima do odor etéreo de drogas e medicamentos registrados, sentia a fragrância de perfume de lilás. Observou as mãos longas e afiladas e a grossura refrescante dos seus lábios fortes enquanto tomava sua Coca, a garganta rosada pulsando enquanto o líquido descia. Pagou sua bebida e levantou-se da banqueta do balcão. A garota virou-se para vê-lo partir, aquele sorriso empolgante a sua maneira de dizer adeus. Não mais do que aquilo, mas, quando ele pisou do lado de fora da drogaria, estava convencido de que Rosa Pinelli não morrera, que fora uma notícia falsa, que estava viva e respirando e rindo como a colegial no bar, como todas as garotas no mundo.

Cinco minutos depois, parado debaixo do poste de luz diante da casa escurecida de Rosa, viu com horror e infelicidade a coisa branca e medonha brilhando na noite, as longas fitas de seda balançando enquanto um sopro de vento as acariciava: a marca dos mortos, uma coroa fúnebre. Subitamente sua boca estava cheia de saliva com gosto de poeira. Virou-se e seguiu pela rua. As árvores, as árvores que soluçavam! Apressou o passo. O vento, o vento frio e solitário! Começou a correr. Os mortos, os terríveis mortos! Estavam sobre ele, trovejando para cima dele saídos do céu da noite, chamando-o e gemendo para ele, tropeçando e rolando a fim de pegá-lo. Correu como louco, as ruas gritando com o eco de seus pés em tropel, uma sensação pegajosa e fria agarrando o meio de suas costas. Pegou o atalho pela ponte de cavaletes. Caiu, tropeçando num dormente da ferrovia, as mãos estendidas tocando primeiro o barranco frio e congelado. Estava correndo de novo antes mesmo de se levantar, e tropeçou e caiu de novo, levantou-se de novo e partiu numa carreira. Quando chegou à sua rua, apressou o passo, e quando estava a poucos metros de casa, diminuiu para uma caminhada tranquila, espanando a sujeira das roupas.

Casa.

Lá estava, uma luz na janela da frente. Sua casa, onde nada acontecia nunca, onde havia calor e não havia morte.

— Arturo?

Sua mãe estava de pé junto à porta. Passou por ela e entrou na aquecida sala da frente, cheirando-a, sentindo-a, deleitando-se com ela. August e Federico já estavam na cama. Despiu-se rapidamente, freneticamente, na semiescuridão. Então a luz da sala da frente apagou e a casa ficou no escuro.

— Arturo...

Caminhou até o lado da cama dela.

— Sim?

Ela jogou as cobertas para o lado e agarrou-lhe o braço.

— Aqui, Arturo. Comigo.

Até seus dedos pareceram explodir em lágrimas enquanto deslizava para o lado dela e se perdia no calor confortante dos seus braços.

O rosário para Rosa.

Estava lá naquela tarde de domingo, ajoelhado com os colegas de turma no altar da Virgem Santíssima. Bem na frente, cabeças escuras erguidas para a madona de cera, estavam os pais de Rosa. Eram pessoas tão grandes, havia tanto deles a se sacudir e convulsionar enquanto a entoação seca do padre flutuava através da igreja fria como um pássaro exausto condenado a elevar suas asas uma vez mais numa jornada que não tinha fim. Era isso o que acontecia quando você morria: um dia ele estaria morto e em algum lugar na Terra isso aconteceria de novo. Não estaria lá, mas não era necessário que estivesse, pois isso já seria uma lembrança. Estaria morto e, no entanto, os vivos não lhe seriam desconhecidos, pois isso aconteceria de novo, uma lembrança da vida antes que fosse vivida.

Rosa, minha Rosa, não posso acreditar que você me odiasse, pois não há ódio onde você está agora, aqui entre nós e no entanto lá longe. Sou apenas um menino, Rosa, e o mistério de onde você está não é mistério quando penso na beleza do seu rosto e na risada de suas galochas quando você caminhava pelo corredor. Porque você foi tamanha doçura, Rosa, você foi uma menina tão boa e eu a queria, e um sujeito não pode ser tão mau se ama uma garota tão boa como você. E se você me odeia agora, Rosa, e não posso acreditar que me odeie agora, então vele por minha dor e acredite que eu a quero aqui, porque isso é bom também. Sei que você não pode voltar, Rosa, meu verdadeiro amor, mas existe nesta igreja fria esta tarde um sonho da sua presença, um consolo no seu perdão, uma tristeza porque não posso tocar em você, porque eu amo você e a amarei para sempre, e quando eles se reunirem em algum amanhã por mim, então saberei disso antes mesmo que se reúnam, e não será estranho para nós...

Depois dos serviços, juntaram-se por um momento no vestíbulo. Irmã Celia, fungando num pequenino lenço, pediu silêncio. Seu olho de vidro, notaram, havia rolado consideravelmente, a pupila quase não mais visível.

— O enterro vai ser às nove horas de amanhã — disse. — A turma da oitava série será dispensada pelo dia.

— Oba — que beleza!

A freira o fuzilou com seu olho de vidro. Era Gonzalez, o bobo da classe. Ele recuou até a parede e enfiou o pescoço nos ombros, sorrindo de embaraço.

— Você! — disse a freira. — *Tinha* de ser você!

Ele sorriu desamparado.

— Os meninos da oitava série, por favor, se reúnam na sala de aula imediatamente depois de deixarmos a igreja. As meninas estão dispensadas.

Atravessaram o adro da igreja em silêncio, Rodriguez, Morgan, Kilroy, Heilman, Bandini, O'Brien, O'Leary, Harrington e todos os outros. Ninguém falou enquanto subiam as escadas e caminhavam para suas carteiras no primeiro andar. Mudos, olharam para a carteira coberta de pó de Rosa, seus livros ainda na estante. Então irmã Celia entrou.

— Os pais de Rosa pediram que os meninos da classe carregassem o caixão amanhã. Aqueles que desejarem fazê-lo, por favor levantem a mão.

Sete mãos se elevaram para o teto. A freira estudou todos, chamando-os pelo nome para darem um passo à frente. Harrington, Kilroy, O'Brien, O'Leary. Bandini. Arturo ficou de pé entre os escolhidos, próximo a Harrington e Kilroy. Ela pensou no caso de Arturo Bandini.

— Arturo não — disse. — Receio que ainda não seja forte o suficiente.

— Mas eu sou! — insistiu ele, fuzilando Kilroy com o olhar, O'Brien e Heilman. Sou forte o bastante! Eram uma cabeça mais altos do que ele, mas, numa ocasião ou noutra havia surrado todos. Sim senhor, era capaz de surrá-los em dupla, a qualquer hora, dia ou noite.

— Não, Arturo. Por favor, sente-se. Morgan, adiante-se, por favor.

Sentou-se, zombando da ironia daquilo. Ah, Rosa! Podia tê-la carregado nos braços por mil quilômetros, nos dois braços até uma centena de sepulturas e de volta, e no entanto aos olhos de irmã Celia não era forte o bastante. Essas freiras! Eram tão doces e tão gentis — e tão estúpidas. Eram todas como irmã Celia: enxergavam com um olho bom e o outro era cego e imprestável. Naquela hora se deu conta de que não devia odiar ninguém, mas não podia se conter: odiava irmã Celia.

Cínico e revoltado, desceu os degraus da frente na tarde hibernal que começava a esfriar. Cabeça baixa e mãos enfiadas nos bolsos, partiu para casa. Quando chegou à esquina e ergueu o olhar, viu Gertie Williams do outro lado da rua, os ombros magros se mexendo debaixo do casaco vermelho de lã. Andava lentamente, as mãos nos bolsos do casaco que delineava seus quadris magros. Cerrou os dentes quando pensou de novo no bilhete de Gertie. Rosa o odeia e você lhe dá calafrios. Então Gertie ouviu seus passos quando subiu na calçada. Ela o viu e começou a caminhar rápido. Não tinha nenhum desejo de falar com ela ou segui-la, mas no momento em que ela apressou o passo o impulso de persegui-la tomou conta dele e começou a caminhar rápido também. Subitamente, em algum lugar no meio dos ombros magros de Gertie, ele viu a verdade. Rosa não *havia* dito aquilo. Rosa *não teria* dito aquilo. Não a respeito de ninguém. Era uma mentira. Gertie havia escrito que estivera com Rosa "ontem". Mas aquilo era impossível, porque naquele "ontem" Rosa estava muito doente e morrera no hospital na tarde seguinte.

Partiu numa carreira, e Gertie fez o mesmo, mas não era páreo para sua velocidade. Quando emparelhou, postando-se diante dela e abrindo os braços para impedir que passasse, ela parou no meio da calçada, as mãos nos quadris, um ar de desafio nos olhos pálidos.

— Se ousar botar a mão em mim, Arturo Bandini, vou gritar.

— Gertie — disse. — Se não me contar a verdade sobre aquele bilhete, vou dar-lhe um soco no meio do queixo.

— Oh, aquilo! — falou ela com arrogância. — Você sabe muito sobre *aquilo*!

— Gertie — falou. — Rosa nunca disse que me odiava e você sabe disso.

Gertie passou roçando por seu braço, jogou os cachos brancos no ar e disse:

— Bem, mesmo que ela *não tenha* dito aquilo, tenho uma desconfiança de que *pensava* assim.

Ficou parado ali e a observou, faceira, descendo a rua, jogando a cabeça como um pônei das ilhas Shetland. E então começou a rir.

CAPÍTULO DEZ

O enterro na manhã de segunda-feira foi um epílogo. Não tinha nenhum desejo de comparecer; já estava farto de tristeza. Depois que August e Federico partiram para a escola, sentou-se nos degraus da varanda da frente e abriu o peito para o sol quente de janeiro. Mais um pouco e seria primavera: duas ou três semanas mais e os clubes da grande liga se deslocariam para os treinos de primavera no sul. Tirou a camisa e deitou-se com o rosto para baixo no gramado marrom seco. Nada como um bom bronzeado, nada como consegui-lo antes de qualquer outro garoto da cidade.

Belo dia, um dia como uma garota. Virou e, deitado de costas, observou as nuvens rolarem para o sul. Lá em cima estava o grande vento; ouvira dizer que ele vinha desde o Alasca, desde a Rússia, mas as montanhas altas protegiam a cidade. Pensou nos livros de Rosa, como eram encadernados em papel lustroso azul da cor do céu daquela manhã. Um dia fácil, um par de cães vadiando por ali, fazendo paradas rápidas em cada árvore. Encostou o ouvido na terra. Do lado norte da cidade, no cemitério de Highland, estavam baixando Rosa à sepultura. Soprou suavemente no chão, beijou-o, provou-o com a ponta da língua. Um dia pediria ao pai que cortasse uma lápide para a sepultura de Rosa.

O carteiro desceu da varanda dos Gleason do outro lado da rua e aproximou-se da casa dos Bandini. Arturo levantou-se e apanhou a carta que ele oferecia. Era de vovó Toscana. Levou-a para dentro e viu a mãe rasgar e abrir o envelope. Havia uma breve mensagem e uma nota de 5 dólares. Ela enfiou a nota de 5 no bolso e queimou a carta. Ele voltou ao gramado e estendeu-se de novo.

Logo depois, Maria saiu de casa com sua bolsa de compras. Não ergueu o queixo da grama seca, nem respondeu quando ela lhe disse que voltaria dentro de uma hora. Um dos cães atravessou o gramado e farejou seus cabelos. Era marrom e preto, com grandes patas brancas. Sorriu quando a língua grande e quente lambeu suas orelhas. Fez uma dobra no braço e o cão aninhou a cabeça ali. Logo o animal adormeceu. Colocou o ouvido no peito peludo e contou as batidas do coração. O cão abriu um olho, saltou de pé e lambeu seu rosto com imensa afeição. Outros dois cachorros apareceram, passando apressados, muito ocupados ao longo da fileira de árvores que bordejava a rua. O cão marrom e preto ergueu as orelhas, anunciou-se com um latido cauteloso e correu atrás dos outros. Eles pararam e rosnaram, ordenando que os deixassem em paz. Tristemente o cão marrom e preto voltou até Arturo. Seu coração abriu-se para o animal.

— Fique aqui comigo — disse. — Você é o meu cachorro. Seu nome é Jumbo. O bom velho Jumbo.

Jumbo correu alegremente e atacou seu rosto de novo.

Estava dando um banho em Jumbo na pia da cozinha quando Maria voltou da cidade. Ela gritou, deixou cair os pacotes e voou para o quarto de dormir, trancando a porta atrás de si.

— Leve ele embora! — gritou. — Leve esse cão para longe daqui.

Jumbo se desvencilhou e correu tomado de pânico para fora da casa, salpicando água e espuma de sabão por toda a parte. Arturo o perseguiu, implorando que voltasse. Jumbo deu vários piques sobre a terra, percorrendo um amplo círculo, esfregando as costas no chão e sacudindo-se para secar. Finalmente, desapareceu no depósito de carvão. Uma nuvem de pó de carvão rolou pela porta. Arturo ficou de pé na varanda dos fundos e gemeu. Os gritos de sua mãe do quarto de dormir ainda cortavam a casa. Correu até a porta e a aquietou, mas ela recusou-se a sair até que ele tivesse fechado as portas da frente e dos fundos.

— É apenas o Jumbo — acalmou-a. — É apenas o meu cachorro, o Jumbo.

Ela voltou à cozinha e deu uma olhada pela janela. Jumbo, preto de pó de carvão, ainda corria agitadamente em círculos, esfregando as costas no chão, correndo e voltando a esfregá-las.

— Parece um lobo — disse ela.

— É meio lobo, mas é amigo.

— Não quero ele por aqui — disse ela.

Aquilo, ele sabia, era o começo de uma controvérsia que duraria pelo menos duas semanas. Fora assim com todos os seus cães. No fim Jumbo, como todos os seus predecessores, a seguiria devotadamente por toda a parte, sem ligar para mais ninguém na família.

Viu-a retirar as compras.

Espaguete, molho de tomate, queijo para ralar. Mas nunca comiam espaguete nos dias de semana. Era exclusivamente para o almoço de domingo.

— Por que isso?

— É uma pequena surpresa para o seu pai.

— Ele vai voltar para casa?

— Está voltando hoje.

— Como sabe? Esteve com ele?

— Não me pergunte. Só sei que vai voltar hoje.

Cortou um pedaço de queijo para Jumbo e saiu para chamá-lo. Jumbo, descobriu, sabia sentar-se. Ficou encantado: aqui estava um cão inteligente, não um mero vira-lata. Sem dúvida aquilo era parte da sua ancestralidade de lobo. Com Jumbo correndo ao seu lado, o focinho no chão, farejando e marcando cada árvore de ambos os lados da rua, ora um quarteirão à sua frente, ora meio quarteirão atrás, ora correndo, ora latindo para ele, caminhou para o oeste em direção do sopé das montanhas, os picos brancos se elevando mais além.

Nos limites da cidade, onde a estrada Hildegarde dobrava bruscamente para o sul, Jumbo rosnou como um lobo, inspecionou os pinheiros e os arbustos rasteiros de ambos os lados e desapareceu na ravina, seu rosnado ameaçador um aviso para quaisquer criaturas selvagens que pudessem confrontá-lo. Um cão de caça! Arturo observou-o serpeando pelo mato, a barriga próxima da terra. Que cachorro! Parte lobo e parte cão de caça.

A 100 metros da crista da colina, ouviu um som que lhe era caloroso e familiar desde as mais tenras lembranças da infância: o tinido da marreta de pedreiro do seu pai ao bater na cabeça do cinzel e cortar a pedra. Ficou contente: significava que seu pai estaria vestindo roupas de trabalho, e gostava do seu pai com roupas de trabalho, era fácil abordá-lo quando em roupas assim.

Houve um afastar de moitas à sua esquerda e Jumbo voltou à estrada. Entre seus dentes havia um coelho morto, morto havia muitas semanas, com o fedor da decomposição. Jumbo galopou estrada acima uns 12 metros, deixou cair sua presa e pôs-se a observá-la, o queixo encostado no chão, os quartos traseiros no ar, os olhos viajando do coelho para Arturo e de volta ao coelho. Produziu um ronco selvagem em sua garganta quando Arturo se aproximou... O fedor era revoltante. Ele correu e tentou chutar o coelho para fora da estrada, mas Jumbo o arrebatou antes de seu pé atingir o bicho e o cão partiu para longe, galopando triunfalmente. Apesar do mau cheiro, Arturo o observou com admiração. Rapaz, que cachorro! Parte lobo, parte cão de caça e parte cão de busca.

Mas esqueceu Jumbo, esqueceu tudo, esqueceu até o que planejara dizer quando o alto da sua cabeça se elevou acima da colina e viu seu pai observando-o aproximar-se, a marreta numa das mãos, o cinzel na outra. Ficou parado de pé na crista da colina e esperou imóvel. Por um longo minuto Bandini o olhou direto nos olhos. E então ergueu a marreta, assestou o cinzel e feriu a pedra de novo. Arturo soube então que não era indesejável. Atravessou o caminho de pedregulhos até o banco pesado no qual Bandini trabalhava. Teve de esperar um longo tempo, piscando os olhos para evitar os estilhaços de pedra, antes que seu pai falasse.

— Por que não está na escola?

— Não tem aula. Houve um enterro.

— Quem morreu?

— Rosa Pinelli.

— A filha de Mike Pinelli?

— Sim.

— Não presta, aquele Mike Pinelli. É um fura-greves na mina de carvão. Não serve para nada.

Continuou trabalhando. Estava preparando a pedra, modelando-a para se encaixar ao longo do assento de um banco de pedra perto do lugar onde trabalhava. Seu rosto ainda trazia as marcas da véspera de Natal, três longos arranhões descendo-lhe pela face como as marcas de um lápis marrom.

— Como está Federico? — perguntou.

— Está bem.

— E como vai August?

— Vai bem.

Silêncio, exceto pelo tinido da marreta.

— Como Federico vai indo na escola?

— Bem, eu acho.

— E August?

— Está indo bem.

— E você, tem tirado boas notas?

— Razoáveis.

Silêncio.

— Federico é um bom menino?

— Claro.

— E August?

— Também.

— E você?

— Acho que sim.

Silêncio. Ao norte podia ver as nuvens se formando, a neblina rastejando para cima dos altos picos. Procurou Jumbo e não viu sinal dele.

— Está tudo bem em casa?

— Tudo ótimo.

— Ninguém doente?

— Não. Todo mundo está bem.

— Federico dorme bem de noite?

— Claro. Toda noite.

— E August?

— Sim.

— E você?

— Claro.

Finalmente ele falou. Teve de virar as costas para fazê-lo, virar as costas, apanhar uma pedra pesada que exigia toda a sua força no pescoço, nas costas e nos braços, de modo que a pergunta saiu como um arquejo.

— Como está a Mamma?

— Quer que o senhor volte para casa — disse ele. — Está cozinhando espaguete. Quer o senhor de volta em casa. Ela me disse.

Pegou outra pedra, maior desta vez, um esforço poderoso, seu rosto arroxeando. Então parou acima dela, respirando com dificuldade. Sua mão foi até o olho, o dedo afastando uma lágrima do lado do nariz.

— Uma coisa no meu olho — falou. — Uma lasquinha de pedra.

— Eu sei. Também levei algumas.

— Como está a Mamma?

— Está bem. Ótima.

— Não está mais com raiva?

— Não. Quer o senhor de novo em casa. Falou para mim. Espaguete para o jantar. Isso não é ter raiva.

— Não quero mais nenhuma confusão — disse Bandini.

— Ela nem sabe que o senhor está aqui. Pensa que mora com Rocco Saccone.

Bandini explorou o seu rosto.

— Mas eu *moro* com o Rocco — falou. — Morei lá esse tempo todo, desde que ela me chutou para fora de casa.

Uma mentira deslavada.

— Eu sei — disse ele. — Contei para ela.

— Contou para ela — Bandini largou a marreta. — Como sabe?

— Rocco me contou.

— Estou vendo — falou, desconfiado.

— Papai, quando vem para casa?

Assobiou distraidamente, uma canção sem melodia, apenas um assobio sem significado.

— Pode ser que eu nunca mais volte para casa — disse. — O que acha disso?

— Mamma quer o senhor. Espera o senhor. Sente falta do senhor.

Puxou o cinto.

— Então ela sente falta de mim! E daí?

Arturo encolheu os ombros.

— Tudo o que sei é que quer o senhor em casa.

— Talvez eu volte, talvez não.

Então seu rosto se contorceu, as narinas tremendo. Arturo sentiu o cheiro também. Atrás dele agachava-se Jumbo, a carcaça entre as patas dianteiras, sua grande língua gotejando saliva enquanto olhava para Bandini e Arturo e o fazia saber que queria brincar de pegar.

— Sai, Jumbo! — disse Arturo. — Tire essa coisa daqui!

Jumbo mostrou os dentes, o ronco emergiu de sua garganta e ele colocou o queixo sobre o corpo do coelho. Era um gesto de desafio. Bandini tampou o nariz.

— De quem é o cão? — falou, fanhoso.

— É meu. Seu nome é Jumbo.

— Tira ele daqui.

Mas Jumbo nem se mexia. Mostrou os longos caninos quando Arturo se aproximou, erguendo-se nas patas traseiras como se pronto para saltar, o ronco gutural selvagem na garganta, um ar assassino. Arturo observou com fascínio e admiração.

— Está vendo — falou. — Não posso me aproximar dele. Vai me fazer em pedaços.

Jumbo deve ter entendido. O gorgolejo em sua garganta elevou-se numa regularidade aterrorizante. Deu uma patada no coelho, abocanhou-o e afastou-se serenamente abanando o rabo... Chegava à borda dos pinheiros quando a porta lateral se abriu e a viúva Hildegarde apareceu, farejando desconfiada.

— Santo Deus, Svevo! Que cheiro horrível é esse?

Por cima do ombro, Jumbo a viu. Seu olhar se desviou para os pinheiros e depois voltou-se para ela. Deixou cair o coelho, abocanhou-o com mais firmeza, e caminhou sensualmente pelo gramado na direção da viúva Hildegarde. Ela não estava com nenhuma vontade de brincar. Apanhando uma vassoura, saiu ao encontro dele. Jumbo contraiu os lábios, escancarando-os até que seus imensos dentes brancos reluziam ao sol, filetes de saliva escorrendo das mandíbulas. Soltou o seu rosnado, selvagem, horripilante, uma advertência que era ao mesmo tempo um silvo e um grunhido. A viúva parou de chofre, se recompôs, estudou a boca do cão e jogou a cabeça para trás contrariada. Jumbo largou o seu fardo e desenrolou a língua comprida em sinal de satisfação. Tinha dominado a todos. Fechando os olhos, fingiu que estava dormindo.

— Tire esse maldito cão daqui! — disse Bandini.

— O cão é seu? — perguntou a viúva.

Arturo acenou com a cabeça com um discreto orgulho.

A viúva examinou o seu rosto, e então o de Bandini.

— Quem é este jovem? — perguntou.

— É meu filho mais velho — disse Bandini.

— Tirem aquela coisa horrível do meu terreno — disse a viúva.

Oh, ela era esse tipo de pessoa! Então era esse tipo de pessoa que era! Imediatamente resolveu nada fazer em relação a Jumbo, pois sabia que o cachorro estava brincando. E, no entanto, gostava de acreditar que Jumbo era tão feroz como fingia ser. Seguiu na direção do cão, caminhando deliberadamente devagar. Bandini o interrompeu:

— Espere — falou. — Deixa que eu cuido disso.

Agarrou a marreta e calculou o passo na direção de Jumbo, que abanava o rabo e se agitava enquanto arfava. Bandini estava a uns três metros quando o cão se ergueu nas patas traseiras, esticou o queixo para a frente e começou o seu rosnado de advertência. Aquele olhar no rosto do seu pai, aquela determinação de matar que surgia por bravata e por orgulho porque a viúva estava ali olhando, o fez correr pelo gramado e com os dois braços agarrar a marreta curta e derrubá-la do punho cerrado de Bandini. Imediatamente Jumbo partiu para a ação, largando sua presa e cercando Bandini sistematicamente, que recuou. Arturo caiu de joelhos e segurou Jumbo. O cão lambeu seu rosto, rosnou para Bandini, e lambeu seu rosto de novo.

Cada movimento do braço de Bandini provocava um rosnado em resposta do cão. Jumbo não estava mais brincando. Estava pronto para brigar.

— Meu jovem — disse a viúva. — Vai retirar esse cachorro daqui ou vou ter de chamar a polícia para atirar nele?

Aquilo o enfureceu:

— Não ouse, sua desgraçada!

Jumbo olhou de soslaio para a viúva e arreganhou os dentes.

— Arturo! — repreendeu Bandini. — Não fale assim com a sra. Hildegarde.

Jumbo virou-se para Bandini e silenciou-o com um rosnado.

— Seu monstrinho desprezível — disse a viúva. — Svevo Bandini, vai permitir que esse menino maldoso continue com isso?

— Arturo! — insistiu Bandini.

— Seus camponeses! — disse a viúva. — Seus estrangeiros! São todos iguais, vocês, os seus cães e toda a sua raça.

Svevo atravessou o gramado até a viúva Hildegarde. Seus lábios se abriram. Suas mãos estavam cruzadas diante dele.

— Sra. Hildegarde — falou. — É o meu filho. Não pode falar assim com ele. Esse menino é um americano. Não é um estrangeiro.

— Estou falando com você também! — disse a viúva.

— *Bruta animale*! — disse ele. — *Puttana*!

Salpicou o rosto dela de cuspe.

— Você é um animal! — disse ele. — *Animal*!

Virou-se para Arturo.

— Vamos — disse. — Vamos para casa.

A viúva ficou imóvel. Até Jumbo sentiu sua fúria e escapuliu, deixando seu fétido butim diante dela no gramado. No caminho de pedregulhos onde os pinheiros se abriam para a estrada que descia o morro, Bandini parou e olhou para trás. Seu rosto estava roxo. Ergueu o punho.

— *Animal*! — disse.

Arturo esperava alguns metros abaixo na estrada. Juntos, desceram a trilha dura e avermelhada. Não disseram nada, Bandini ainda ofegante de raiva. Em algum lugar na ravina Jumbo vagava, o mato estalando enquanto avançava. As nuvens haviam se acumulado nos picos e, embora o sol ainda brilhasse, havia um toque de frio no ar.

— E suas ferramentas? — disse Arturo.

— Não são minhas ferramentas. São de Rocco. Deixa que ele termina o serviço. Era o que queria, de qualquer maneira.

Jumbo saltou para fora dos arbustos. Trazia um pássaro morto na boca, um pássaro muito morto, morto já há muitos dias.

— Maldito cão! — disse Bandini.

— É um bom cão, papai. É parte um caçador de pássaros.

Bandini olhou para uma faixa de azul no leste.

— Daqui a pouco vamos ter a primavera — disse.

— Vamos ter, com toda a certeza!

Ainda enquanto falava, algo minúsculo e frio tocou o dorso de sua mão. Ele o viu derreter, um pequeno floco de neve em forma de estrela...

JOHN FANTE nasceu no Colorado em 1909. Frequentou a escola paroquial em Boulder, e o Ginásio Regis, um internato jesuíta. Frequentou também a Universidade do Colorado e o Long Beach City College.

Fante começou a escrever em 1929 e lançou seu primeiro conto em *The American Mercury* em 1932. Publicou inúmeros contos em *The Atlantic Monthly*, *The American Mercury*, *The Saturday Evening Post*, *Collier's*, *Esquire* e *Harper's Bazaar.* Seu primeiro romance, *Espere a primavera, Bandini,* foi publicado em 1938. No ano seguinte, saiu *Pergunte ao pó*. (Os dois romances foram republicados pela Black Sparrow Press.) Em 1940, uma coleção de seus contos, *Dago Red*, foi publicada e está agora reunida em *O vinho da juventude.*

Nesse meio-tempo, Fante ocupou-se amplamente em escrever roteiros de cinema. Alguns de seus créditos incluem *Full of Life* (*Um casal em apuros*), *Jeanne Eagels* (*Lágrimas de triunfo*), *My Man and I* (*Sem pudor*), *The Reluctant Saint* (*O santo relutante*), *Something for a Lonely Man*, *My Six Loves* (*Meus seis amores*) e *Walk on the Wild Side* (*Pelos bairros do vício*).

John Fante foi acometido de diabetes em 1955 e as complicações da doença provocaram a sua cegueira em 1978, mas continuou a escrever ditando à sua mulher, Joyce, e o resultado foi *Sonhos de Bunker Hill* (Black Sparrow Press, 1982). Morreu aos 74 anos, em 8 de maio de 1983.

Em 1985, a Black Sparrow publicou os contos selecionados de Fante, *O vinho da juventude,* e dois romances inéditos do início de carreira, *The Road to Los Angeles* e *1933 Was a Bad*

Year. Em 1986, a Black Sparrow publicou duas novelas inéditas sob o título de *West of Rome*. *Full of Life* e *The Brotherhood of the Grape* foram republicados pela Black Sparrow em 1988.

Em 1989, a Black Sparrow publicou *John Fante & H. L. Mencken: A Personal Correspondence 1930-1952*, e em 1991 publicou as *Selected Letters: 1932-1981* de Fante. Mais recentemente, publicou uma coletânea final de ficção, *The Big Hunger: Stories 1932-1959*.

Este livro foi composto na tipografia Sabon LT Std,
em corpo 10,5/15, e impresso em papel off-white
no Sistema Digital Instant Duplex da
Divisão Gráfica da Distribuidora Record.